小小世界

一穗ミチ

ichiho michi

SMALL WORLDS

contents

霓虹燈魚……005
魔王歸來……059
野餐……115
花歌……161
適量的愛……229
儀式之日……293

霓虹燈魚

為什麼上天總是輕易賞賜自己從未期待過的好運？

「謝謝妳每次都這麼神！這次也是體育館的超好位置！」

好友傳來的ＬＩＮＥ訊息充滿喜悅，彷彿連訊息框雀躍地彈跳。我讀著訊息，一點也不興奮，但對方的訊息才不管我有沒有同感。我知道這種系統就是單方面顯示對方情緒，仍然不由得嘆息。

我一手拿著手機，另一手拿著驗孕劑，看起來實在滑稽。描述得再詳細一點，我赤裸下半身坐在馬桶上，還沒沖水。我剛剛正朝驗孕劑尿尿，手機忽然響起提示音，急忙拿起手機查看——不、不對，我早就料到驗孕結果，但害怕面對現實，才拿手機逃避。他人無關緊要的事來得正好。我可以查看無謂訊息來安撫心靈，做好心理準備承受沮喪。

圓孔裡空蕩蕩的，沒出現半條線。好，該去健身房了。我心想，讓自己振作。下次拍攝日期快到了，去運動一下，收收心，拋開無謂的念頭。像是「因為抽中自己根本不會去的演唱會，本月子女運才會沒中」，這念頭根本無稽之談。

晚上貴史回到家，我向他報告：「麻子拜託我抽門票，又抽中了。」

「妳說麻子，就是那個追星族朋友？」

「對，已經五次了。同時抽了複數場公演，麻子全部落空，就我莫名抽中好位置。」

「是喔，總會有這種事啦。」

貴史笑著說：「我或許可以幫忙安排位子。」

「要下次幫妳問問看經紀公司？」

「呃，不用啦。」

我搖搖頭。

「麻子怕麻煩你，而且貴史拿來的都是公關票，她才不敢在公關座位大揮應援團扇。」

「也對，有道理。」

貴史又笑道：「團扇啊。」

「就是貼滿裝飾，吸引偶像目光的扇子，對吧？我想像了下美和揮那種扇子的樣子，真有趣。妳大概會面無表情，像節拍器一樣冷冷地揮。」

「別想像啦。」

「妳不如跟著去一次？搞不好會迷上他們。」

「那些偶像跟有紗一樣大，是小孩呀。」

「對了，有紗還好嗎？最近沒看到她。」

「很好。她下課後一找到機會，就往我們家跑，我盡量都拒絕……才剛講完又傳LINE來了。她問我『後天可不可以過來玩』，真是的。」

「有什麼關係，她不是妳可愛的外甥女？她一定是很孤單才想來。」

「我就是不想讓她把我們家當成第二個家，這個家又不是我一個人的。」

我把切片洋蔥雞蛋素麵放到桌上。丈夫的手伸向筷子，我輕輕擋下，手指纏上他的手，順勢拉向自己的後腰。

「怎麼了？」

「安慰我一下。」

我把貴史的頭擁入胸懷，他的頭頂偏後有一道髮旋，我將鼻尖緩緩埋入髮旋。

「妳會沾到髮蠟。」

「沒差。」

造型髮蠟的化學甜香和體味交雜，令我有些反胃。鼻腔吸滿不舒服的氣息，反而讓我更順利發出話語。

「又沒中。」

「……這樣啊。」

我感覺腰間的手微微施力。

「看到驗孕劑顯示陰性，心裡一失望，月經馬上來了。該說人類的身體識趣還是不識趣？總之很神奇。」

我呵呵笑道，呼出的氣息搔惹著貴史的髮旋，他微顫了下，輕撫我的背脊：「妳別太介意。」

「有什麼我能做的，就告訴我。」

「嗯，謝謝。」

丈夫吃過宵夜，進了浴室，我才回覆有紗的ＬＩＮＥ。

『先問阿嬤可不可以再來。』

『好喔。』

訊息顯示已讀，對方同時傳來隨興的回覆。有紗的父母，也就是我姊姊夫婦倆去年開始轉調國外，外甥女和外祖父母同住之後，越來越常來我家玩，或許她確實很孤單。我反芻丈夫的話。可愛的外甥女，我看著她長大，的確很疼愛她。等她再長大一些，行動範圍再擴展一些，想必能找到比阿姨家更好玩的地方——到時候，我的願望能否成真？我洗了碗，收拾垃圾，刷洗流理臺，忽然覺得井然有序的廚房很陌生。我想讓自己舒暢一點才動手整理，怎麼起了反效果？廚房受到我的支配，卻拒絕我介入。浴室傳來淋浴聲，以及丈夫的哼歌聲。

貴史的優點之一，就是睡得很熟——因為對我來說很方便。他躺上床，閉上眼，不到一分鐘就發出熟睡的呼吸聲，按照以往經驗，震度四級的地震都搖不醒他。我趁他入睡，抓著他的手開啟智慧型手機的指紋認證，把自己的指紋登錄進去，他也渾然不覺。丈夫的手機放在床邊桌，我拔掉充電線，仰賴螢幕燈光走出寢室，穿過客廳，走進大門旁的房間。我打開他的ＬＩＮＥ，打開聊天列表最上方的聊天室，檢查最新的對話內容。時間顯示在三十分鐘前，貴史一邊洗澡，一邊和這個人聊天。

『你平安到家了？』

『我又沒喝多。而且聽到老婆報告自己沒懷孕，我馬上醒酒。』

『嗄啊，你要好好安慰她喔！』

『安慰了啦。但我那時有點餓，注意力都在素麵上，當下真希望她等我吃完再說。』

接著一個笑哭的表情符號。

『好壞。』

『麵會泡爛，還會涼掉啊。我也想要小孩，但連我都表現得很失望，反而像在責備老婆。』

『我記得你和老婆同年？女人到這個年紀的確會焦急。』

『她現在還沒這麼急著要小孩。不過，萬一她搬出一些助孕迷信，我也會有點抖（笑）。』

『你會抖喔（笑）。』

『我討厭那些東東啊，那根本有病。夫妻一起去醫院檢查、治療無所謂，要我跟著到處跑神社就免了。』

貴史絕不無情，也不是不愛我。手機上的對話輕浮歸輕浮，卻稱不上說老婆壞話。對方是女性又比我年輕，這點讓我有點介意，但這點程度的抱怨我也會說，算是扯平。他徹頭徹尾否定求神問卜，交往時我認為他很理性，算是優點。所以事到如今會因此受傷，是我自己過不去。

我關掉手機燈光，手邊頓時轉暗。公公婆婆買給我們兩房一廳的公寓，做為結婚賀禮。其中一房是「孩子未來的房間」，但房間已經整整待命八年。當時的我堅信自己未來會生孩子。然而歲月將這間面東、四坪大小的房間，連同我的天真期待一起冷凍。

不過，房裡並非空無一物，裡頭存在一些小生命。及腰矮櫃上方放置一個四十五公分的水族箱。我起身窺看水族箱。水族燈下，幾道微弱光輝穿梭在水草之間。金屬藍光呈一條橫線，逆著水流笨拙地游著，身體只有幾公分長，下腹呈現鮮豔紅色，宛如剪貼了夕色。我從三年前開始飼養一群霓虹燈魚，牠們暫時成為這間房的主人。水族箱中總是維持三十隻左右，魚死了就再買齊。這只是我任性的想法，動物園的獅子、大象關在狹窄的展示園，看起來莫名悲哀，但這水族箱大小對小魚來說剛剛好。況且真正的大自然太過無邊無際，不適合這些孩子。

霓虹燈魚很美。我欣賞那些微不足道的色澤與光亮，而非特別熱愛這些小魚。貴史不在的夜晚、行程突然空白的白天，我總是感覺家中氧氣逐漸稀薄。但是，自從家中多了水族箱，我就不再感到窒息。

也許要怪荷爾蒙失調，我在生理期間總是特別想抽菸。抽菸的欲望比較接近衝動，抽個一、兩根就會解癮，所以我放棄抵抗，每隔幾個月就會從洗臉臺的鏡櫃內，拿出藏在裡頭的小包包。比起我攝取的尼古丁量，忍耐抽菸的壓力更容易影響身體——我以此為藉口，攝取片刻的毒素。貴史今天也會很晚回家。我在陽臺角落點燃香菸，瞇眼看向外頭，夜景隨著煙霧飄搖。這裡只是看慣的住宅區，沒有值得一提的亮點，更沒有稀奇的景物。今晚的街景本該一如往常。

我望著橫跨下方的高速公路，緩慢吐出煙霧，視線並未特意聚焦，卻有事物吸走目光。那股感受就像睫毛不巧掉進眼睛，很古怪。那是什麼？我定睛細看，疑惑地尋找源頭。是高速公路另一頭的公寓。那棟公寓就在附近，但我至今未曾留意。就在公寓四樓的走廊，我察覺那裡有異狀。

有兩個人，應該是中年男子，和一名少年。我聽不見兩人的聲音，但是從遠處看得見，男人奔上前朝少年怒吼，態度很不尋常，甚至稱得上激憤。兩棟公寓隔得這麼遠，兩人也只有樂高人偶大小，卻能用視覺呈現劍拔弩張的景象。簡直像是無聲電影（雖然我沒看過）。男孩只是靜靜低頭。他穿著立領制服，背著藍色書包。我驚覺那是有紗學校的指定書包，口中頓時一陣苦澀。我不知道他們是什麼關係，又有什麼過節，但一個大人發這麼大脾氣，讓孩子害怕瑟縮，我不認為他有什麼正當理由。公寓白灼的日光燈下，那畫面就如同戲中景象。這齣戲觀眾稀少，只有我，以及高速公路旁間隔相同的橘色鈉燈。男人的狂怒太過莫名，男孩幾乎彎成直角的頸部讓人痛心，我多希望這景象只是幻覺。我凝視兩人，香菸持續燃燒，稍微燙到我的手指。我急忙扔向地板，用拖鞋踩了幾下，蹲下身，將殘渣收進攜帶式菸灰缸。我站起來，那兩人還待在原地。我點燃第二根香菸，靜靜將香菸前端的紅焰指向空中，隔空壓向男人的頭。我在內心模仿燒焦聲，現實卻毫無改變。

「喔，那個人是阿笙吧。」

有紗塞了滿嘴水果蛋糕，隨口說道：

「我和他從一年級就同班。那個氣噗噗的大叔，可能是他爸爸。」

我有點遲疑，仍向來玩的外甥女提起，自己撞見對面公寓有一個男中學生被怒罵，外甥女馬上回答我。男孩名叫「蓮沼笙一」，是有紗的同班同學。

「他還有個國三的姊姊，跟一個小五的妹妹，不知道為什麼，他爸爸超級討厭他。他待在家裡就會被罵到臭頭，他只好等爸爸喝酒睡著才能回家。」

也就是說，他昨天不小心太早回家，父親還醒著？可是當時已經超過晚上十點。

「……那個人真的是他父親？」

問有紗這種問題，未免太直白。我剛問出口就後悔，但她滿不在乎地說：「誰知道？」

「所以阿笙進了練習量最多的排球社，但練完也才晚上七點半，他剩下的時間都待在便利商店的內用區。聽說是班上老師特別拜託店長讓他待在那裡。」

「不是應該先聯絡兒少保護單位？」

「可是他不是被家暴或沒飯吃，又是男生。」

有紗吃光蛋糕，手接著伸向紅茶茶杯。

「美和阿姨，妳不吃蛋糕嗎？」

「我之後有雜誌拍攝工作。」

「做模特兒好辛苦喔。」

有紗模仿成年人大口嘆氣，接著說：「可是啊。」

「老師是血汗勞工，他們也很辛苦的。美和阿姨不了解阿笙，才會這麼嚴肅啦。他在學校就是開心果，上課途中老是講話被老師罵，很開朗。別人如果調侃他『能待便利商店待這麼晚，真好』，他還會笑著回說『對吧？』」

我很想反駁她，妳才是什麼都不知道。遠看都看得出來，那名父親發怒的程度很不尋常。男孩無力的頸項，彷彿即將跟塞滿斥責的腦袋一同墜地。假如有紗看到那景象，我不信她敢說風涼話。

「不管他，聽我說啦。之前我和媽媽通了Skype電話，她還是一樣，完全不關心我！」

有紗馬上把話題帶離笙一。口中的紅茶嘗起來，比昨晚的香菸還苦。

「啊，我可以去餵魚嗎？」

她大肆抱怨母親一番後，站起身，擅自走向霓虹燈魚的房間。

「我餵過了，妳只能餵一點點。」

「好喔。」

撒入粉末狀飼料，魚兒隨即游向水面。牠們才不管餵飼料的人是我還是別人，重點是有人撒飼料。

「吃吧吃吧。每次來這裡都好暗，可不可以拉開窗簾？」

「不行，水族箱會生青苔，水溫也會過高。我有開水族燈。」

「可是我覺得照太陽光比較好。分我幾隻魚嘛。」

「別說傻話。水族箱要經常打掃、換水，很麻煩，有紗一定做不到。」

「才不會。」

有紗嘟嘴反駁。這孩子總是三分鐘熱度，她的話不可信。

「那不然等這些魚產卵，孵出小寶寶，妳再分給我。我會在產卵之前學好怎麼養魚。反正小小魚比較可愛。」

我隨口敷衍道：「產卵了再說。」

我那一天的星座運勢大概排在第十三名。一早就和丈夫起了無聊的衝突，起爆點是味噌湯的配料。（我知道他不喜歡炸豆皮，可是我想把用剩的豆皮用完，他一看到湯裡有炸豆皮，就一臉不高興。）接著是得知下一次攝影工作，自己要和一個愛亂碰模特兒的攝影師合作，傍晚則是收到ＬＩＮＥ，同經紀公司的後進懷孕，要結婚了。

晚上和大姊Ｓｋｙｐｅ通話，給了我最後一擊。我勸她多關心有紗，她竟然回答：「妳才是，別光顧著那孩子，趕快自己生一個。」簡直難以置信。先不提那女孩還是嬰兒的時候，大姊就老是把我跟父母當成免費保母，她夫妻倆確定要轉調泰國時，居然以「有紗不可能在國外生活」為由，直接拋下有紗。

一掛斷Ｓｋｙｐｅ，我撐在桌上揪緊自己的瀏海，在腦內大罵大姊，卻怎麼也壓不住心中氣憤。我不想以怒火結束這一天，想稍微做點什麼轉換心情。衝動之下，我把錢包和手機扔進環保袋，披上開襟毛衣走出家門。正值五月下旬，白天熱如盛夏，晚上仍然偏涼。我逛過一間又一間便利商店，對照化妝品或雜誌種類，當我在第四間便利商店的內用區，發現那名穿制服的男孩，心跳忽然加快，指尖一陣發熱。我從陽臺隔著高速公路看到那孩子，他低頭的角度就和眼前人相同，我可以肯定，這孩子就是「阿笙」——笙一。我抓了一本不想要的生活風格雜誌，走向收銀臺，順便點了炸雞跟熱咖啡，走向內用區吧檯。我在幹什麼？要怪自己荷爾蒙失調？男人搭訕女人的時候，也像我一樣心神不寧？

我輕手輕腳拉開笙一隔壁的椅子，向他道了聲「你好」。笙一緩緩抬起頭，眼神四處飄移，似乎想徵詢他人同意才敢回答我。想當然耳，剛下班的粉領族、喝了酒的一群大學生不會回應他的目光。結果，他的脖子縮進制服立領內，小聲答了句：「……啊。」他的嗓音偏高，有些沙啞，不如男人低沉，又不像男孩。他想說「您好啊」，還是「妳好啊」？但語氣很有學生運動員的感覺，令人莞爾。他頭髮剃得短短的，皮膚偏白，可能是室內運動的緣故。

「我可以坐你旁邊？」

他這次微微點了頭。我把買來的東西放上桌，坐下來，說道：「抱歉，突然向你搭話。」

「啊，你不用擔心，我不是警察。」

警察應該不會穿得像我這麼隨便，但我還是事先聲明，問道：「你認不認識稻田有紗？」

「我叫相原美和，是她阿姨。」

笙一有點愣住，表情無聲又直接地反問「那又怎樣？」他年紀還小，連隨口客套都不會，莫名讓我心頭一緊。

「我住在你家對面的公寓，就在公路另一頭。我之前在陽臺看過你，有點介意，就問了有紗。你叫做蓮沼笙一，對不對？」

我盡量平淡地描述，把溫熱的炸雞遞給他。

「我正在減肥，這麼晚不應該吃東西，但又覺得餓。假如吃掉一整包炸雞，我肯定會後悔，你可不可以幫我吃一半？」

這話顯然是藉口，但被看穿也無所謂，反正我想不出更順理成章的理由接近他。笙一的眉毛稀疏，睫毛卻很濃密。睫毛下的眼瞳輕晃，是因為屈辱、羞恥還是憤怒？畢竟他在學校裝瘋賣傻，不讓同學發現自己家庭有問題，卻被陌生人偷窺。

他是拿，還是不拿？我豪賭一場，並且賭贏了（贏誰？）。笙一怯生生地伸手，低聲說了句「謝了」，他這次的聲音比較清晰。他用竹籤插起炸雞，吃了一口，之後就停不下來。他一口接一口，我都來不及提醒他吃慢點。聽有紗說，他會在家裡吃飯，但零用錢不多，沒辦法盡情買喜歡的食物。再說，他要等父親入睡，很晚才一個人悄悄吃飯，這真能稱為「晚餐」？

笙一手裡只剩下竹籤，俯視空紙盒，神情悵然若失。明明是他自己吃光，態度卻像有人壞心用魔法清空炸雞。

「垃圾給我吧。」

我拿走紙盒，他才赫然回神，向我道謝：「謝謝招待。」

「對不起，我全部吃掉了……」

「沒關係，看你吃我就滿足了。」

我之後並沒有特意和笙一聊天，靜靜在他身旁喝咖啡。對方小自己二十歲又是異性，沒什麼話題能聊，不禁覺得自己笨拙又無聊，尷尬的氣氛又莫名撩撥心弦。笙一放在桌上的手機響了一聲，他站起來，生疏地鞠了躬。

「那個，謝謝妳。」

「你可以回家了？」

「對，家裡通知我了。」

「反正我們住得近，一起走吧。」

眼前是寬廣的十字路口，向上仰望，八道高速公路疊成三層，交織成龐大的系統交流道，遮去天空。其中一條高速公路通過我跟他的公寓之間。

「這景色是不是很壯觀？聽說有人特地大老遠前來拍照。」

水泥大蛇身披白橘路燈，有的呈直線，有的蜷曲交疊，每一條蛇背乘載無數鐵蟲，通往無盡的遠方。頭頂的建築物只求讓車輛順暢通行，注重實用性，反而如廟堂般莊嚴。

笙一新奇地發出讚嘆，彷彿初次目睹這幅景象。

「我常常看這些公路，不太懂有什麼稀奇。」

他緩緩伸長脖子，頸項很長，立領敞開處可以窺見喉結，凸起還不明顯。

「學校什麼時候換季？」

「下個星期。」

我踩著扁扁的涼鞋，身高一百七十公分，這孩子大概比我矮十公分。眼球注視交流道，其中一盞路燈彷彿沾上了他的瞳孔，微微發光。我忽地心想，好美。這念頭帶有對大自然的崇敬與感動，就如同欣賞水族箱的霓虹燈魚，讚嘆世上怎會存在如此美麗的生物。

然而，他眼中的光芒轉眼即逝，等他回到家門前，想必只剩深沉的灰暗。我忽然很不甘心，忍不住搭話：「聽我說。」

「你現在只能走在他人決定的道路。但是等你長大，就能隨心所欲奔向你想去的地方。到時候，你也能避開那些不想往來的人。」

笙一的眼神沒了疑惑與戒心，直率地注視我。我多久沒有感受過這麼耿直的目光？坦蕩蕩，有點厚臉皮。看得我都害羞起來。

「抱歉。」

我馬上道歉。我太沒大腦了，這孩子已經沒有容身之處，還要他等「長大之後」，簡直痴人說夢。人絕望時，甚至忘記如何懷抱希望，自己卻天真地說些廢話，不過是自我滿足。

「聽起來像風涼話對不對？你就當我沒說過，都怪我荷爾蒙失調。」

笙一聽完我不講理的藉口，仍未移開目光。

「不會……沒關係，我懂妳的意思。」

我不清楚他明白多少，但我的話並未刺傷他，我這才放心。沿著高速公路走五分鐘，就抵達笙一的公寓，一個女人獨自站在大廳。她向笙一招了招手。

「你媽媽？」我問，他默默點頭。

「這樣啊，總之讓我打個招呼。我不想被誤會是可疑人士，你可能覺得難為情，就請你忍耐一下。」

我先一步走向女人身邊，鞠了躬，向她自我介紹：「笙一有一位同班同學叫作稻田有紗，我是她阿姨。」

「我碰巧在那邊的便利商店遇到笙一，就送他回來。」

「原來是稻田同學的……」笙一的媽媽表示她有印象。

「不好意思，還麻煩妳跑一趟。」

「別客氣，我家就在附近。兩位晚安。」

我笑著道別，頭也不回，走向高速公路正下方的漫長穿越道。我一回到家，走到陽臺看了看，笙一家前方空無一人。

我不知道貴史幾點回家。有人拉開寢室拉門，燈光照入房內，打斷我尚淺的睡眠。

「……歡迎回來。」

「我回來了。」

貴史鬆開領帶，坐在床邊，輕觸我的頭髮，說：「今天早上是我不對。」今天早上？什麼意思？喔……在說味噌湯。貴史語帶保留，實際上根本不算什麼大事。我忍著笑，回道：「別在意，我也有錯。」之前的煩躁宛如一場夢。我只是見到笙一，和他說說話，胸口那片厚重陰雲便一掃而空。

「嗯。」

貴史覆上了我，我將他納入懷中，低喃：「辛苦了。」懷裡的身軀散發一天的碎片，酒精、尼古丁、某人的香水味，那是我無從得知的一天。我內心無比柔和，順利回擁貴史的背脊。

「重複穿搭術」，實際上到底多值得參考？我套上已婚粉領族的人設，搭配各種情境，上班通勤、女生聚會、和丈夫約會、與公婆聚餐……換過一套又一套穿搭，拍攝結束，晚上七點回到家，馬上無力地坐在水族箱前。我累壞了，只想卸完妝倒頭就睡。貴史和同事去烤肉，再過一陣子就會回來。我凝視霓虹燈魚，看著魚兒在人工燈光下游來游去。

——我們打算全面更新內容。

合作近十年，雜誌總編輯用這句話當作開頭。「畢業宣告」，我早知道會有這一天，簡而言之就是「解雇」。這本雜誌的目標客群在三十五歲以下，我的曝光度明顯減少，所以我收到通知時並不訝異。我不算「職業婦女」，無法以兼顧家庭、工作為賣點，又沒有美容或烹飪檢定資格。身高、外貌在模特兒領域是「必備條件」，沒有其他加分條件，往後的發展只會越來越受限。腦中浮現「物競天擇」四個字。即將被天擇的人類，正在欣賞擺脫天擇的水族箱，滑稽無比。稱不上屈辱，也不算氣憤，一股難以言喻的情緒湧上心頭，我的額頭下意識撞上矮櫃。好痛。我垂下頭。好想見那孩子。

從一個月前，我和笙一會不約而同在夜晚的便利商店相見。我每週會去見他兩、三次，每週買一次喜歡的熱食給他。不知不覺慢慢建立起規律週期。我們之間沒什麼話題，笙一偶爾會說說學校趣事，或是排球漫畫《排球少年!!》的內容，我心不在焉地聽著，等到笙一的手機響一聲，代表該回家了。這淡如水的交流對彼此有什麼意義？我也說不上來。說我們之間有情情愛愛，反而可笑。笙一怎麼看都是個孩子，我也不像追星族好友那樣對他著迷。

夜晚的便利商店就像水族箱。人工照明之下擺著一個玻璃容器，相同生物在容器中錯身、洄游。有人成群結隊、有情侶、有親子，也有人孤身一人。我從外頭窺看內用區，見到笙一無所事事的模樣，總是忍不住鬆了口氣，卻又備感心疼。這份心情實在難耐。我希望他在這裡，又希望他不需要待在這裡。我也許是懷抱無所適從的母性，加上女性荷爾蒙失控，但和他斷斷續續地談天，一起走在夜間道路，望著汽車頭燈一顆顆奔馳而過，對我而言，已經成了不可或缺的片刻時光。我們不需要陽光，更不曾奢望星光與月華。

我撐起膝蓋，手伸向水族箱。指尖壓上箱面，魚隨即湊過來，隔著壓克力輕啄我的手指，又轉身游去。這些魚根本不知道，我不餵飼料，牠們就等著餓死。那孩子就不一樣了，他會對我低頭道謝，很有禮貌。我暗自覺得拿笙一和這些魚相比有點不恰當，目光在水族箱四處游移，碰巧發現箱底的小石頭長出薄薄青苔。討厭，要清水族箱了，可是我現在沒精神清理。我將臉湊上去，鼻尖停在水族箱前，直盯著魚群。每條魚分不清哪隻是哪隻，這時卻發現其中一條魚的肚子鼓鼓的。相較之下，有幾條苗條的魚兒緊貼圓肚子的魚，不肯離開。

牠要產卵了。

結果貴史晚上九點才到家。

「歡迎回來，路上塞車？」

「沒有，我按照順序送人到家才晚了。我今天很累，不吃飯了。可以直接洗澡嗎？」

「去吧。我幫你整理東西。」

我打開托特包，拿出毛巾和髒T恤，順便拿走亂扔在一旁的手機。解鎖螢幕打開LINE，又在聊天列表最上層看到那女人的頭像。

『今天謝謝您。』

『我才是。』

時間是三十分鐘前，他們今天的對話只有這兩句。以往的閒聊語氣、表情符號、貼圖全都不見了，對話莫名見外。我把手機放回原位，把髒衣服拿去更衣間，敲了敲浴室門。

「嗯？」

貴史關掉蓮蓬頭，把門開了條縫。

「明天早餐用的雞蛋沒了，我去買一下。」

「我等一下陪妳去吧。」

「不用啦，附近買一下就好了。冰箱裡有啤酒和醋溜雞肉，你拿去配酒。」

「是我喜歡的那種？」

「對，柚子胡椒口味。」

「好耶。」

晒得微黑的臉龐揚起笑容。我輕吻那冒著熱氣又溼潤的薄唇，走出家門，夜風隨即掠走體溫。霓虹燈魚平時感覺不出性別差異，只有那條魚腹部塞滿魚卵，又脹又圓；丈夫和其他女人竊竊細語。一切的一切都令我加快腳步。然而，我一抵達那間便利商店，隔著玻璃窗找到笙一，感覺心中的硬結隨之解開。笙一原本低頭玩手機，忽然抬起頭，應該是察覺我的目光。他猶豫了幾秒，才靦腆地笑了笑，向我打招呼。我用嘴型說了句「你好」，他點點頭。真想繼續隔著水族箱和他相視而笑，但這麼做太引人側目。我走店裡，在他身旁坐下。

「我第一次在星期六遇見你，今天也去社團團練？」

笙一一改平時的制服模樣，穿著整套運動服。

「呃，對。」

笙一正想說些什麼，見自動門開啟，他閉上嘴。幾個男生走進來，一看見笙一，便發出不明所以的歡呼，邁步奔上前。他們穿便服背書包，可能是補習班剛下課。

「你之前團練請假對不對！」

「幹麼蹺課啦？」

「我才沒有。」

同學使勁拍打笙一的肩膀、背部，笙一反嗆回去：「痛死了！」我第一次看見他笑得這麼開懷，如同一名無憂無慮的男孩。他在學校是否也像現在一樣，徹底藏匿內心的陰霾？我默默裝作不認識——不對，我自始至終都是陌生人。那群男孩打打鬧鬧，逛了逛店內，什麼也沒買就離開。我仍然提防他們，臉面向前方，對笙一問道：「你之前社團請假？」

「那天肚子有點痛。」

「還好嗎？去看醫生了沒？」

「沒關係，後來就沒事了。」

「那就好。我今天是臨時出來買東西，先走了。」

我買了一盒雞蛋，結完帳正要走出店裡，笙一從椅子起身，再次向我搭話：「那個……」

「嗯？」

「我之前回想起一件事。一年級的時候……我們在園遊會表演合唱。」

「我記得，當時我有去看。」

我當時拗不過有紗請求，去看了班級表演，一年級大合唱，二年級英文朗讀，三年級則是表演舞臺劇。但每一項表演都非常無聊，我早早就離場。

「對。全班要出場之前，有紗……稻田同學跑到舞臺走道，很興奮地告訴同學說：『那邊那個是我阿姨！』同學還一起跑去偷看您。」

「哎呀，同學都看過我了？真讓人害羞。」

「她說：『我阿姨是模特兒。』結果連老師都跑來看……」

我很無奈，她竟然特地把我的職業搬出來炫耀。

「其他的女同學應該很受不了她。」

「咦？沒有……」

「我可不是那孩子的裝飾品。」

我不自覺語中帶刺。青春期少女總是喜歡凸顯自我，但我沒辦法用這句話草草帶過。有紗的任性像極了大姊，我就討厭她這一點。「對不起。」笙一立刻縮起雙肩，道歉聲恍若蚊鳴。

「呃、不是，抱歉，我不是責怪你。」

看他嚇得畏縮，我心裡跟著焦急，又不知道怎麼適當打圓場，只好直接逃到店外。是我錯了，何必遷怒小孩子？到底是什麼事讓我這麼火大？

是因為他提起我的外甥女？

是笙一特地改口稱她「稻田同學」？

是他提到「有紗」時，那靦腆的笑容特別耀眼？

是工作不順？

是從丈夫跟那女人莫名客氣的LINE內容，察覺他們除了烤肉，還做了見不得人的行為？

是看見霓虹燈魚懷孕？

是氣自己始終懷不上孩子？

是氣自己腦袋擠滿各種念頭，一踏進家門，就自動綻開笑顏？

「我回來了。」

「妳回來啦。這超好吃的。」

還是氣貴史獨自晚間小酌，絲毫沒察覺我的笑容很虛假？

「真的？不會太鹹？」

「大概是今天流了汗，我覺得味道剛剛好。」

「太好了。」

「啊，對了，我下下週的星期四又要出差了，要去廣島住一晚。」

「我知道了。準備平常出差的行囊就好？」

「嗯，拜託妳了。」

我在二十八歲那年，連續流產兩次。在醫院聽見醫生宣告：「這是復發性流產。」我當時暗地猜想：是我有病？然而夫妻一起接受檢查，兩人都找不出病因。

——許多夫婦自然流產找不出病因。而且從結果來看，有七成伴侶在復發性流產後仍能自然懷孕、生產。雖然沒辦法要求兩位別介意，但不需要想得太嚴重。

但這是一種「症狀」吧？我心不在焉聆聽醫生解說，暗自心想。醫生這時放緩語調，和善地提議：「倘若您怎麼也放不下，本院可為您安排心理諮商。」貴史一聽見「心理諮商」，登時蹙眉，我也下意識回絕。結完帳，兩人一踏出醫院，丈夫便說：「不要來這間醫院了。」我答了句：「也好。」丈夫大概是不爽醫院當自己的妻子是神經病。

我並沒有特別渴望孩子，但流產讓我飽受打擊。貴史很配合檢查，從不抱怨。旁人都說很少有老公這麼配合，但我覺得他只是公事公辦。在職位上盡自己的責任，用資料證明自己沒有失誤。我憑直覺得知，這個男人曾經讓女人懷孕過，所以他堅信自己「無罪」。

原本就不順的生理期變得要來不來。我太害怕流產，做愛一定避孕，轉眼就到了三十歲。心想年紀也差不多了，鼓起勇氣再次備孕，結果現在根本看不到懷孕的跡象。儘管如此，我還是堅持夫妻身體都沒問題，遲遲不去醫院，回過神來已經三十四歲。現在去接受診斷，萬一原因出在我身上該怎麼辦？萬一已經來不及的話該怎麼辦？卵子品質的期限逐漸逼近，我還是沒有行動，看看網路，跟我同齡的女人如果沒有積極面對，都會被網友批評「太晚行動」。「我家非常想要孩子，從二十歲就開始備孕了。」「高齡產婦容易體力不足，而且媽媽年紀太老會讓孩子丟臉。」「說實話，我可不要自己成年，媽媽跟著年屆花甲。」……網路上當然不只批評，但是自己只會一直看到批評，越來越不敢行動。公婆像是約好似的，絕口不提想要孫子，母親也不時表示：「美和已經算是有紗的半個媽媽了呢。」

沒有小孩的夫妻比比皆是。女人不是只有成為母親才能獲得幸福。一百個人有一百種人生。空虛的肯定消不去我的自卑感。如同去遠足被遊覽車拋下，又像自己被命令吃完營養午餐才能走，稚嫩的屈辱與無力不斷折磨自己，現在這一刻仍是如此。

『下次出差能不能換成別人跟我去？』

『為什麼要換？』

『什麼為什麼？你怎麼能說這種話？我沒辦法孤男寡女住一起，還當作什麼事都沒發生。你不懂嗎？還是說只有我一個人暈船？』

『當然不是。』

『真的？』

『當然是真的。這是我們之間的事，就讓我們一起思考吧。』

『我好高興，我愛你。』

混帳。

我隔了快兩週才去見笙一。笙一發現我，眼神膽怯地四處游移。「你好。」我向他打招呼，他仍然嘴裡含糊不清，不知所措。

「之前真抱歉，不小心把氣氛弄僵了。」

「呃、不，沒有……」

他低垂著頭，後頸髮際剪得很乾淨。他不知何時剪了頭髮。不知道是錯覺，還是成長期變化顯著，男孩的脖子變粗了。這孩子即將成為「男人」。

「是說，是我惹妳生氣，我還以為妳不會再來了。」

「不是，我只是情緒不太好，怎麼能怪你？我只是不想再讓你看到這麼丟人的樣子，給自己一點時間冷靜。」

「那就是……荷爾蒙失調嗎？」

「對對對。」

我還笑得出來，反而安心了。我不知道現在丈夫在廣島做些什麼。明知他出軌，我卻沒有指責他，是不是等於默認他外遇？我不愛貴史了？已經不需要生那男人的孩子？——不對，正因為那男人不負責任，至少要從他那裡得到小孩才夠本。

我買了咖啡，也幫笙一買了炸熱狗。

「你在寫作業？」

笙一面前放著攤開的英文課本和筆記。

「下星期就要期末考。」

「學生真辛苦。」

換句話說，社團也暫停了。

「你下課之後都去哪？」

「圖書館、之類的。」

「這樣啊。」

幸好他沒有一直蹲在便利商店。笙一咬著炸熱狗，我則是小口小口喝著苦澀的咖啡。自己的處境沒有絲毫變化，但從這個水族箱底凝視外頭，呼吸便輕鬆許多。彷彿吸進了幫浦打出的氧氣氣泡。我衷心希望身旁的男孩也能享有這般平靜時刻。

「為什麼您這麼關心我？」

回家的路上，笙一神情緊張地問我。

「大概是因為關心他人不需要負責任。」

我不想像之前一樣盡說些漂亮話，故意答得冷淡。我刻意走在他的一步之前，以免看見他的反應。我才想問，為什麼自己要關心你？為什麼丈夫、工作、孩子，都不在我手中？我的水族箱或許早在許久之前，就已經空無一物。

我們抵達笙一的公寓，他母親已經在公寓大門的玻璃門內等著，但她今晚不太一樣，腳步有些踉蹌。

「你媽媽還好嗎？」

我回頭看向笙一，他僵著臉。我還來不及詢問，怒吼率先闖進我耳裡：「又是妳！」

「每次來就一副高高在上的樣子！妳顧一下別人家的小孩，就以為自己是志工啊！裝什麼善人！」

笙一的母親大呼小叫，左搖右晃走來。她直盯著我，眼神凶惡，我不禁背脊一涼。「笙一的媽媽，妳冷靜點。」笙一還在旁邊，我只能盡力假裝冷靜，嘗試說服她，聲音卻中氣不足。我沒想到一個人失去理智，竟會如此可怕。

「閉嘴！少在那裡假清高！妳就是沒生孩子，才能裝得這麼優雅!!」

我感覺對方隨時要撲過來，拔腿就跑。現在沒心情顧慮笙一，被他母親抓到，不知道會有什麼下場？危機感促使我全力奔過穿越道。一抵達自家公寓，我急著想打開自動鎖，手伸進包包裡胡亂摸索，手卻直發抖，怎麼也摸不著磁扣。「那個……」我正焦急，忽然有人從後頭搭話，當場嚇得跳起來。

「呃、對不起。」

搭話的人是笙一。

「別嚇我啊……」

心跳快得如同機關槍，我壓住胸口安撫心臟。笙一的表情從未如此沉痛，又說了句「對不起」。眼角隱約泛著淚。

「原來你媽媽也會喝酒？」

「偶爾會……那個，真的很對不起。」

「又不是你的錯。」

「……不起。」只聽見笙一不斷發出不完整的道歉聲。他大概很不想讓人發現真相，全身不停發抖。「好想從世上消失。」不成聲的吶喊化作顫抖，透過震動傳達給我。他是多麼委屈、多麼難堪、多麼無地自容。我做了幾次深呼吸，總算找到磁扣，接觸感應器，打開大門。

「進來吧。」

那嬌小身軀扛起難耐的痛楚，親自跑來道歉，我不忍心只用一句「沒關係」打發他回家。那醉女人愛叫警察就叫。丈夫都外遇了，我愛做什麼是我的自由。笙一默默跟了過來。

「請進。」

我一時衝動帶笙一進家門，完全沒思考之後該做什麼。之所以帶他進魚的房間，純粹是認為帶他欣賞魚會開心。

「這是霓虹燈魚……奇怪了，定時器壞了？這時候日光燈應該要更亮一點。」

陰暗的房間裡，水族箱燈散發朦朧光暈，照亮水面。笙一看了水族箱內，表情有些不解。

「是不是覺得魚沒有想像中那麼亮？」

「呃，對。」

「那是因為現在房間比較暗。霓虹燈魚不會發光，只是魚身會反射光線，才會那麼鮮豔。」

「我覺得牠們在暗處反而比較亮。」

「我也這麼認為，畢竟牠們的名字裡有個『霓虹燈』嘛。要不要把燈光調亮？調亮之後牠們會變色，看起來更有意思。」

他搖了搖頭。

「總覺得那樣牠們會很可憐……那個，我不需要向您的老公打招呼？」

老公，這個詞聽在耳裡，彷彿嘴裡含了一顆進口糖球，莫名古怪。老實回答他不在，我猜笙一反而會慌張，就只回了一句「不用在意」。

「您的老公是什麼樣的人？」

「嗯……有點難解釋。他在廣告公司工作，我因為工作跟他認識，他主動問我聯絡方式，才慢慢開始一起出遊……」

我不明白這孩子想知道什麼。我默默佇立在魚兒前方，回憶悄悄在腦中復甦。

「……我們還沒結婚的時候，有一次約會完，電車突然停駛。我記得是電線故障。我們就關在車內一個小時，只能仰賴緊急照明的黯淡燈光。」

幸虧當時的季節不熱，沒有空調也還過得去，但我那時候很累，很煩躁。

「就在這時候，他忽然說：『妳看。』電車內每個人都在用手機，處處充滿液晶螢幕的背光。我覺得很像螢火蟲，他卻說：『好像熱帶魚的水族箱。』」

手掌大小的燈光，把低頭看的人臉、急促操作手機的人手照得又藍又白。不時傳來快門聲。電車啟動，抵達車站之後，人群又頓時鳥獸散。

——這景象真奇怪。

貴史在黑暗中笑了。我不自覺看那笑容看得出神，甚至忘記高跟鞋帶來的腳痛。我一旦預定行程受阻，馬上會煩躁。相較之下，他比我更柔軟看待突發狀況。兜風遇上塞車，他會說：「我剛好趁機練一下業務餐會用的卡拉

ＯＫ曲」，然後認真唱起歌，或是拿耳塞給我，叫我先小睡片刻。他就是這麼寬容，我才會愛上他。為什麼我會忘記愛上他的契機？又為何會在這時候回想起來？

鋪在箱底的小石塊處處可見點點青苔。我不久前才仔細清理過，怎麼又長青苔？思考到這，些微嫩綠宛如吸了水，逐漸渲染、擴散。我哭了。

「咦？那個……」

笙一不敢喊我，只能站在原地，無所適從。我不發一語，現在只要說出一個字，馬上就會抽噎出聲。淚水沿雙頰滑落，在下巴底端匯流，感覺有點癢。

手指為我擦去淚水。笙一的手指非常粗壯，和長相、身形相去甚遠，指頭貼了繃帶。他當然不會聰明地用手指外側撈走淚珠，他的舉動粗魯且孩子氣，真要比喻，就像是焦急地擦掉塗鴉，反而弄得更髒。他看了看溼潤的手指，又望向身上的夏季制服，含住指頭。他也許覺得擦在衣服上太沒禮貌，拚命動腦思考，才得出這個答案。

撲通一聲。這一刻，我的心臟確實在下腹深處使勁跳動。

丈夫買了紅葉饅頭回來，真老套。

「謝謝，我們現在就泡綠茶配著吃吧。」

「妳明明晚上絕對不碰點心，真難得。」

「又沒關係，我現在就想吃。」

「嗯，美和總是對自己很嚴格，我覺得妳可以再對自己溫柔一點。想辭掉工作的話，隨時都可以辭。」

「我其實對自己很溫柔，只是貴史不知道。」

「咦？什麼意思？我想知道。」

「不告訴你。」

丈夫很愉快，我也真心地笑了。我現在仍愛著這個人，但我不想再追究他在外度過什麼樣的夜晚。

我每週一下午固定會去瑜伽教室，但今天教室樓上漏水，突然停課。我收到LINE通知的時候已經出了門。這下該怎麼度過？咖啡廳、書店、公園……我考慮了許多地方，但是包包裝了瑜伽裝、瑜伽墊和水，太重了，又感覺快下雨，我直接選擇打道回府。搭上公車不久，車窗沾上點點雨滴，接著拉起雨絲，過不了多久，水線打溼整面車窗。傾盆大雨把柏油路面打得又白又濁，彷彿蒙上一層霧。說起來，早上天氣預報提到，今天會有梅雨季最後一波降雨。我按下下車鈴，下車燈在昏暗的車內顯得莫名燦爛。

我靠一把摺疊傘，從最近的公車站撐到回家，到達公寓，打開門鎖，便看到門口有兩雙亂脫的運動鞋，不是我的，也不是丈夫的。我馬上發現其中一雙是有紗的鞋子，另外一雙比有紗的大了一號，這是誰的？

我從後方悄悄帶上門，屏息凝氣走進屋內。屋內也充斥著雨聲。擺放水族箱的房間門開了一條縫。我從隙縫窺看屋內，只見地板上衣物凌亂。那是水手服和男生的夏季制服，衣物上方則是有紗和笙一。

我嚇得退後，抱著包包，小心翼翼穿上鞋，再次走出門外，來到逃生梯的轉角處蹲坐在地。哎呀，真是的。我的感想宛如某位常撞見奇怪事物的女管家，除此之外無話可說。這週是那兩個孩子的期末考，中午就下課了。有紗知道我的生活行程，娘家也放了我家的備用鑰匙。笙一來我家的那一晚，看到房間裡只有水族箱，他卻一點也不驚訝。難不成是因為他早就來過？因為有紗打開窗簾，讓笙一欣賞暴露在自然陽光的水族箱，水族箱才會長青苔？他說肚子痛才向社團請假，但他那一天究竟在哪裡？他說「圖書館之類的」，那個「之類」，就是指我家？

「原來如此。」我自言自語出聲。鼠灰色烏雲盤旋在天際，不間斷地降下雨水，我仰望天空，滿腦子只想抽菸。遠方閃過雷電，令我憶起方才的景象。有紗赤裸的腳散發淡淡白光。

我和女兒正在畫圖，手機忽然響起。平常幾乎不會響起這陣來電鈴聲。

「美緒，媽媽去講個電話，妳可不可以先自己玩？」

「好啊。」

女兒快樂地點頭。我留下女兒走到陽臺，回了一聲「喂？」便聽見有紗平淡的嗓音。

『阿笙死了。』

同時聽見許久未聞的名字和突如其來的消息，我瞬間語塞。但也只有短短一瞬間。

「他怎麼死的？」

『聽說是他騎機車的時候，有一臺卡車高速撞了上去。』

「這樣啊。」

有紗聽我回了這句，登時啞然，問道：『妳只有這句感想？』

「不然我該說什麼？」

這也許是他隨心所欲奔馳的結果，萍水相逢的外人，無從斷定這結局是悲是喜。我遠望逐漸昏暗的夕空，瑰色雲霧拉得細長。這座公寓位於高處平地，可以一眼眺望私人鐵路以及棋盤格狀的新興住宅區。街道燈火通明，電車彷彿小型玩具，小小車窗灑落光點，穿梭在家家戶戶之間。我喜歡這個時間的景色。

『美和阿姨知道我跟阿笙的事，對不對？』

「什麼意思？是說妳打來只為了報喪？我差不多要去買晚餐材料了。」

『等等！』

有紗喊出哀求。

『讓我見那孩子。』

「不可以，妳答應過我了。」

我單方面掛斷電話，讓她再打來很麻煩，乾脆把手機關機。這支手機專門用來和她聯絡，關機也不成問題。女兒背對著陽臺，專心畫圖。我一回到房間，她馬上回頭問：「講完了？」

「嗯，我們去買菜吧。妳畫了什麼？小公主？」

美緒得意洋洋攤開她的蠟筆畫。畫裡有個女孩子，穿著粉紅色和橘色的禮服，頭戴黃色王冠。

「這是媽媽！」

「是喔？媽媽有這麼可愛呀？」

「很可愛！之前去運動會的時候，日奈和亞由也都說美緒的媽媽最漂亮了！」

「媽媽好高興喔，謝謝。」

我抱緊美緒軟綿綿的小身軀。自己可以讓女兒炫耀、自豪，根本不會讓我反感。我年輕的時候收過不少異性讚美，但完全比不上女兒的一句稱讚。

我確實握好美緒的手，走出家門。這雙溫暖又惹人疼的小手，光是感受它的溫度，就令我的每一天無比喜悅。

「媽媽，可不可以去河邊玩？」

「可以呀。」

那一晚，我和那男孩之間當然什麼事都沒發生。笙一沒多久就回家了，等到星期一，我目睹了他和外甥女的性愛場面。

我嫉妒丈夫的外遇對象，但這一刻沒有半點情緒。沒有也是理所當然，我根本沒有愛上笙一。但笙一很惹人疼，我想要他的孩子。看到笙一笨拙地安慰我，我內心升起強烈渴望，我願意細心養育他的分身。不過，就算我和他上床，我的卵子一定沒辦法順利成長——不如讓有紗生下笙一的孩子。在逃生梯口，這股念頭彷彿雨水，滋潤我乾涸的大地。

有紗大概不知道，用一般方法飼養霓虹燈魚，無法正常繁殖。母魚產了卵，會馬上吃掉自己的卵；就算魚卵運氣好成功孵化，幼魚仍逃不過相同下場。所以必須準備繁殖用的水族箱讓母魚產卵。我不再挑三揀四，接下所有能接的工作，經常讓家裡空無一人。但也僅止於此。我並未推波助瀾，也沒有慫恿他們。年輕魚兒在我備好的水族箱裡放縱交歡，隔年春天，有紗哭著找我求助。她的懷孕週期已經無法墮胎，母親慌成一團，父親板著臉，默不作聲；大姊則是在Ｓｋｙｐｅ裡氣憤地問：「怎麼會搞成這樣？」她一如往常，沒半點責任感。

只有我支持有紗。體諒母體不適，鼓勵她。我擔起所有麻煩事，外甥女絕口不提孩子的父親是誰，我袒護她，以「養病」為由幫她向學校請長假，在她產後幫忙辦手續，讓她轉學到別縣市的中學，老家也一起搬家。而我收養新生嬰兒，全家也跟著搬走。我搬出外遇的事，丈夫當場下跪求饒。他哭著苦苦哀求：「對不起」、「原諒我，我願意做任何事補償妳」、「我不想和妳分開」。說實話，我很吃驚，我以為他會因為我生不出孩子爽快離婚，怕得不敢攤牌。我提出兩個條件，一是把有紗的女兒當成我們夫妻的孩子，養育成人。二是申請調職到外地。他很乾脆地接受了。我原本擔心第一個條件很困難，然而貴史馬上熱中於育兒，非常溺愛美緒，現在甚至天天幫女兒拍照。

有紗如此膚淺，我深感悲哀。但她還年輕，還能再生孩子。下一次，記得生在自己的水族箱。

美緒口中的「河」，其實只是一條小小的水道。她蹲在水道旁。

「河裡沒有魚耶。」

「對呀。妳希望河裡有什麼魚？」

「像尼莫一樣的魚！」

「嗯——那種又小又漂亮的魚，只能活在很乾淨的水裡喔。」

「是喔。」

搬家前，我分次把霓虹燈魚沖進馬桶。我得到孩子之後，突然認為細心調整水溫、水質、打掃水族箱，實在太蠢了。我騙了貴史，說魚已經分給幾個朋友。我很可怕？我很可惡？無所謂。最重要的是，我要成為美緒的好母親。

號誌轉綠，我剛踏上穿越道，一臺大卡車正好要左轉。我下意識握緊美緒的手，向後退去。但卡車煞了車，讓我先走。行人穿越道原本就是行人優先，但有許多司機仍會強行通過。我鬆了口氣，點頭行禮，走過穿越道。抬頭看了看駕駛座，一個體型魁梧的女人露出豪爽笑容，抬起單手回禮。

「啊，媽媽，是最亮的星星耶。」

「在哪裡？」

「在那裡！」女孩天真無邪指著天空。她的父親已不在人世。那雙蘊藏星光的大眼，令我聯想到笙一以前的側臉。他在那之後，成長成什麼樣的人？有沒有喜歡的人？還記不記得我？現在倘若只有我一個人，或許會流個幾滴眼淚，但美緒在旁邊，我不會哭。我咀嚼自己的幸福，走向超市熱鬧的燈火。

魔王歸來

喀啦喀啦，聲音又急又響。聽起來像倉鼠在滾輪上超高速奔馳。鐵二半夢半醒之際聽見噪音，心想：「是姊的聲音」，馬上又反駁自己「怎麼可能」，再次墜入夢鄉。

他一大早起床的時候，早已把那聲音忘得一乾二淨。當他見到結婚離家的大姊占據了客廳，當場驚叫。

「嗚哇！」

宛如妖怪塗牆（註1）的巨大方形背影立刻轉過身。

「你是要睡到幾點！」

剛起床就被重低音喝斥，鐵二反射性向後縮了縮，勉強踩穩腳步，反駁道：「又沒差！」

「七點起床很普通好不好我現在又不用晨練，姊才是在這裡幹麼啦……」

鐵二一想光明正大駁斥，一時緊張語速快，語尾越說越小聲，對方又是一

註1　塗牆是指日本的民間妖怪，外型像一道牆，會在半夜阻擋行人去路。

句大吼：「講清楚啦！」

「都長成大塊頭了，膽子還是小不啦嘰的。去把臉洗一洗，呷飯啦。」

搞什麼，還沒中元節就回娘家？不，他搞不好還在作夢。鐵二用冰水洗過臉，走回客廳，大姊仍然存在，單手抓起碗公用力扒飯，這般魄力除了她之外，找不到第二個人。父母坐在大姊對面，一臉若無其事。

鐵二畏畏縮縮地坐到座位，又問了一次：「這是怎樣？」母親半帶嘆息地回答：「就跟你看到的一樣，大姊回娘家了。」

「她說要離婚。」

「喔……」

自己嘴裡的回應無奈又軟弱。該來的還是來了，他彷彿親眼目睹毀滅預言成真，有氣無力。

「給我再吃驚一點！」

大姊氣得瞪大眼，但鐵二根本不吃驚。他比較佩服姊夫敢跟這女人結婚。鐵二戰戰兢兢地吃起早餐，大姊沒給他時間咀嚼，催促道：「問我原因！」

「反正一定是妳家暴啦。」

「你這死囡仔，剛剛是不是直接用『妳』叫我？」

大姊揪住鐵二的耳朵，他下意識就道歉：「沒有我什麼都沒說。」鐵二受支配的習性已經根深柢固。

「嗯？你打耳洞了，還染金髮？一不打棒球就假鬼假怪，想把自己搞個新裝大拍賣啊？」

「很痛耶！」

「夠了，別掐了，再掐鐵二的耳朵要掉了。真央就算不是在家暴，力氣也是……唉。」

「就是說呀，大猩猩想摸摸小鳥，還是會不小心捏死人家的。」

父母嚴肅地彼此點頭，大姊豪爽大笑三聲，直接帶過。哪來的戰國武將？

「我只是不想再跟那個成天猶豫東猶豫西的矮冬瓜生活。」

大部分的男人跟妳比，都像矮冬瓜。鐵二這次只在內心吐槽。

「所以，真央，妳之後要怎麼打算？不是還有卡車司機的工作？」

大姊聽父親這一問，若無其事地回答：「辭掉啦，我想在老家悠哉一陣子。」

「我心靈憔悴耶，體諒我一下。先閣來一碗飯。」

「妳何不先體諒一下家裡的恩格爾係數？」

母親把白飯裝得又高又滿，一邊碎碎念。

「鐵二前不久才剛回家住，我好不容易才習慣煮三人份的飯菜。」

「加我煮起來比較有幹勁啦。」

「總之，大姊已經把白飯吃光了。鐵二，你今天午餐就買麵包吃。」

鐵二默默接過千元鈔票，飛快準備好就出門。自己尚未看慣的家門口，擺著大姊的二十八公分運動鞋和行李箱，他這才明白，原來昨晚的喀啦聲是行李箱的聲音。二十七歲，身高一百八十八公分。不敢問她體重，很可怕。走在路上不曾被時尚雜誌的攝影師搭訕，倒是接過綜合格鬥（搞不好是地下摔角）挖角。占卜師說她前世是古羅馬劍鬥士，名叫「真央」，綽號「魔王」，各方面異於常人的大姊，回娘家了。

對鐵二來說，上課不打瞌睡難如登天。明明不需要再去社團猛操，晚上也健康地睡滿八小時，他只要盯著教科書的字，眼瞼就下意識往下掉。這一天也一樣，第二節課剛開始，鐵二的記憶直接中斷，等到有人戳他的背部，他清醒一看，教室正前方的時鐘已經來到第三節課尾聲。

完蛋，我又睡著了。鐵二緩慢撐起上半身，回頭一看，後座的同學滿臉驚恐，遞出一張紙。鐵二還沒記住他的名字。

「老師說小考考卷要從後往前傳。」

小考？鐵二轉回去看書桌，桌上放著一張對折的講義。大概是自己趴在桌上睡覺的時候，有人小心塞到手臂底下。塞講義的時候幹麼不直接叫醒我？鐵二想埋怨，但自己有錯在先，沒轍。小考科目是日本史，但鐵二桌上還放著第二節的古文教科書跟筆記。

「老師，對不起，我還沒寫好。」

鐵二舉手報告，教師沒瞧他一眼，直接要他明天再帶來，沒有特別訓話。小考外帶回家做有意義？鐵二家徒步能到的範圍內，只有一所公立高中，他在新年過後進了這所學校，黃金週假期都過了，別說交到朋友，根本沒有同學願意和他小聊幾句，教師也疏遠鐵二，他打瞌睡都不會挨罵。身高一百八十三公分，臉晒得黝黑，戴耳環配上短金髮。用膝蓋想都知道，自己是因為外貌被疏遠，既然別人害怕，他也放棄了，不再積極親近同學。上學，睡覺，午休時間吃個便當，下午繼續睡覺。鐵二恍惚地聽著上課鐘聲，暗想：「『非生產性』，這個詞簡直是為現在的我而存在。」雖然從早到晚打棒球，一味消耗體力和卡路里的生活也不算有生產性，至少那時候每一天轉眼即逝，不像現在，空有時間胡思亂想。不過，那樣的生活已經結束了。小考考卷，他一題都寫不出來。鐵二望著考卷，這時窗邊傳來小小喧鬧。

——欸？那誰啊？

——好壯。

同班同學察覺些微異狀，紛紛湊過去。「那還算女人？」鐵二聽見這句話，猛地站起身。

「根本現實版『進擊的巨人』。」

「沒那麼巨吧？」

「那是『八尺大人』啦。」

「那什麼？」

「你不知道？就是網路怪談，說是身材超高的女妖怪。」

鐵二用眼角監視窗邊人群，走出教室，從三樓奔下一樓。他腦中只有一個女人能獲得大眾如此評價。

「姊！」

鐵二在鞋箱前方遇上話題人物。

「哦，拄好。」

大姊手上拎著手帕包巾，裡頭是鐵二的便當盒。

「我想說你應該比較想吃白飯，就煮來給你啦。」

多管閒事！鐵二當然罵不出口，只敢說句「謝了」，飛快接過便當，打算請她走人，結果大姊居然沒脫鞋就想闖進校內。「鐵二的教室在哪？」

「妳幹麼？」

「難得來一趟，讓我參觀參觀。」

「妳不能穿鞋子進來啦！」

鐵二拚死阻止她，大姊果斷脫掉運動鞋，腳剩襪子才走進校內。

「等等、姊！」

「在幾樓啊？」

他們已經吸引不少路過學生的目光。繼續留在原地只會招來異樣眼光，進而引來教師介入。鐵二思考之後，再三提醒大姊「看完馬上回去！」，率先走上樓梯。他每每和人擦身而過，好奇的目光隨即刺向後腦杓，太難堪了。大姊卻滿不在乎，四處張望：「好懷念，讓我回想起JK時期。」什麼JK，「真勇健」的簡寫嗎？

鐵二準備好面對全班同學的目光（負面意義），回到自己的教室。然而剛才的喧鬧不翼而飛，教室內靜悄悄，空無一人——不，還剩一個人。

「下堂課要做實驗，要到化學教室上課。」

住谷菜菜子，她是鐵二唯一一個記得姓名的女同學。女同學平淡地說完，抱起課本和文具，從另一側的門走出教室。原來所有人移動到化學教室了，所以才沒人在。至少不用被同學當動物看。鐵二鬆了口氣，下一秒被人用力拍了後腦杓，眼球差點掉出來。

「妳幹什麼！」

「人家好意提醒你，怎麼不道謝！」

「呃、喔……」

的確，鐵二一天到晚打瞌睡，菜菜子可能猜到他沒聽到要做實驗，特地等他回來。可是，住谷菜菜子這是第一次跟鐵二說話，鐵二又不習慣和異性對話，一時之間嚇傻。不知為何，她和鐵二一樣被全班孤立，沒人和她聊天，也沒人陪她一起吃便當。所以鐵二只記住菜菜子的名字。

「緊去向人家說謝謝！」

「我知道啦。還有第四節課要上課了，妳趕快回去啦。小心有人等一下叫獵友會來狩獵妳！」

鐵二勉強閃過大姊的鐵拳，鐘響同時滑壘進化學教室，他仍被全班當成多餘的人，孤零零觀看實驗進行。他和菜菜子不同組，沒有機會說話。直到午休、下午的課堂上仍然耿耿於懷。加上鐵二的個性比外表膽小許多，他不敢隨便向女同學搭話。自己主動靠過去，一個不好引來同學目光，反而給菜菜子添麻煩，她說不定會從此害怕自己；又或者自己特地道謝，可能反被她誤會自己對她有意思，嚇跑對方……至少找個只有他們兩個人的地方，自己也許說得出口。然而他遲遲等不到機會，頂多時不時偷瞄菜菜子。她大多時候手撐著臉，午休時間會戴上耳機聽東西。眼神飄在半空中，看不出特別孤單或無聊。菜菜子和鐵二不一樣，外貌平凡，講得難聽一點就是量產型女高中生，為什麼她會被排擠，又為什麼會特地找自己說話？重重疑問未解，走進家門當下，大姊的怒斥劈頭落下：「太早回來了！」晚歸被罵倒還說得通，憑什麼早回家也被罵？

「現在還不到四點。」

「我在學校又沒事幹。」

「是喔，那帶我去逛逛。」

於是鐵二剛回家又被拖出門。

「空有體力沒事幹，遲早會出歹事。萬一被找去當詐騙集團的車手就糾賽啦。」

「誰會去啦！」

帶著名為大姊的神祕生物散步，簡直丟臉到極點。但她說會留在家一陣子，盡早讓人散播目擊資訊才是上策。

「說是叫我帶妳逛逛，我春天才剛搬過來，我也不熟，更何況這附近沒什麼有趣的。」

因為父親外調，鐵二全家在今年三月移居到這個地區。車站前有父親工作的大型超市跟柏青哥店，車站後有一條冷清的商店街以及小山丘，但小山丘上的古城遺跡只剩當時的石牆或舊建築。講好聽點是保留城下小鎮風情，實際上只剩幾棟小小的木造房屋，整齊排列，再過去就是一大片寬廣的田野與池塘。

大姊邊走邊說：「蓄水池太多了吧。」

「會生孑孓的。」

「那不是蓄水池，是養殖池。這附近在養金魚。」

這地區無山無海，但好歹人稱「金魚之鄉」，站內便利商店有賣相關伴手禮，人孔蓋也畫了金魚，算是唯一的賣點。兩人隨興走進商店街，這時大姊忽然停下腳步。

「幹麼啊？」

大姊要鐵二看向某一處，順著她的手指看去，是一間老舊柑仔店。鐵二沒經歷過昭和時代，卻也起了若有似無的懷舊之念。不過他的年紀已經不會為點心糖果動心。

「我就免了。」

「誰在說買糖果，看店裡。」

鑲玻璃的拉門半開，可窺見店內塞滿各種商品，像是小糖果、口香糖。再內側一點有臺階，有人坐在臺階上，似乎是店員。

「那不是你同學？」

「啊。」

大姊一說，鐵二才發現那人是菜菜子。她換了便服，眼神一樣迷茫，讓人搞不懂她在看哪裡。

「你跟人家道謝沒？」

「呃、還沒。」

「臭小子。」

大姊二話不說抓住鐵二的手，拖他進店裡。

「等、姊！」

「嘿，呷飽沒？」

突然有人像老朋友似地打招呼，菜菜子望向大姊和鐵二，瞪圓了眼。鐵二勉強發出聲音，被動地道了句「妳好」。

「白天我弟弟受妳照顧了。緊講。」

大姊用力戳了鐵二肩膀，把他推到菜菜子面前。女孩髮絲帶著光澤、肩頭纖瘦，膝蓋比鐵二的拳頭嬌小。女孩氣息突然近在咫尺，鐵二感覺雙頰忽地發燙。

「之、之前、上課的時候很感謝……」

「簡單說句謝謝是有這麼難喔！」

鐵二另一側肩膀被揍了一拳，痛得哀號。菜菜子急忙起身說：「沒關係。」

「沒什麼大不了的……原來森山同學有姊姊，我都不知道。」

「我昨晚才回來的。鐵二這傢伙老是得意忘形，就是沒跟女孩子講過幾句話，足無膽啦。妳別太怕他，好好相處吧。」

大姊鞠躬九十度，頭還是比菜菜子高。鐵二太難為情，想當場逃走，順便狂奔十公里。菜菜子噗哧一笑，鞠躬回禮：「我叫做住谷菜菜子，請多指教。」

「好極了是不是，鐵二？這裡是菜菜子家？」

「對，這是我阿嬤的店，但是她最近偶爾要去住院。」

「這樣啊，那我們來貢獻一點銷量好啦。」

大姊正在看貨架，隨後便看到幾個小孩停在店門口。那群小孩在那邊很擋人做生意。鐵二剛想到這，小孩看了看店內，小心翼翼走進來觀察大姊。他們看大姊沒反應，這才放下心，一邊聊遊戲，接連抓了幾包小包點心和巧克力，付錢結帳。鐵二望著孩子買點心，感慨地心想：「原來那點心還在賣，我以前挺喜歡的。」小孩走到門口，轉過身說了句：「婊——子。」聲音雖小，字字清晰。

小孩甚至朝菜菜子嘲弄地笑了笑。鐵二懷疑自己的眼睛和耳朵。菜菜子的雙眼當場失去生氣，證明鐵二沒聽錯也沒看錯。這群小孩搞什麼？鐵二很錯愕，大姊的反應更快一步。

「猴死囡仔是咧講啥!!」

怒吼頓時響遍整間店，那群小鬼彷彿遇到棕熊，僵在原地。大姊走上前逼問：「你剛才講啥？」換作鐵二都怕得要死，那些小不點當然嚇得雙腳發抖，快要尿失禁。其中一個較年長的孩子仍小小聲回答：「我剛剛說，婊子……」

「你們知道『婊子』是什麼意思？」

「不知道，哥哥都這樣說她。」

「那你就回家對老媽講看看。反正你不知道意思，敢說吧？」

他的確不明白意思，但憑感覺知道那是汙辱人的詞彙。小孩低頭抿緊嘴唇，他後面甚至有人眼眶帶淚，鐵二開始擔心有人報警。到時候不管他們怎麼解釋，十之八九會被當壞人。但是大姊毫不在乎，繼續斥責：「不敢對自己媽媽講，還敢對陌生女生講？」

「是你哥哥不好，但你也有錯。下次你哥哥再敢講別人婊子，叫他過來三丁目的森山家，看我予伊歹看。知嗎？」

小孩點了好幾次頭，大姊一允許他們離開，他們馬上逃之夭夭。鐵二大嘆一口氣。那些小鬼一定會講出去，說他們在柑仔店遇到嚇死人的怪物。這小城不大，恐怖傳說肯定瞬間傳遍全區。鐵二光想到就鬱悶，罪魁禍首倒是若無其事轉向菜菜子。菜菜子疑惑地問：

「萬一我真的是婊子該怎麼辦？」

「不怎麼辦。」大姊無動於衷。

「就算是事實，也不代表可以隨便讓人批評。按怎，妳真是婊子喔？」

「不是，我還是處女。」

「是喔，我老弟也是處男。」

「跟我無關吧！」

鐵二焦急地抗議。菜菜子這才放鬆表情，彎腰說道：「非常謝謝您。」

「阿嬤眼睛、耳朵不太好，他們偶爾會趁阿嬤顧店的時候偷東西……我在的時候盯得緊，他們比較難偷，所以很討厭我。」

「看來他們欠人教訓。要不要我來幫忙顧店？」

「住手，人家會倒店。」

「不過記價錢好像很辛苦……那邊那是幹什麼用的？」

架子再過去有一扇門寬的空間，掛著簾子。

「那裡是撈金魚的地方。要玩看看嗎？」

菜菜子唰地拉開簾子，對兩人說：「來吧。」簾子後放著祭典攤販常見的藍色長方形水箱，紅黑色澤的小金魚在水箱裡悠然游動。

「免費請你們玩一次，當作剛才的謝禮。」

菜菜子將放了紙網的塑膠盆遞給大姊，取出網子，快速撈起幾隻翻肚浮水的金魚，丟到地上。裸露的水泥地設了排水溝，死魚會從水溝流走。

「好。」

金魚原本靜靜排成一列，大姊一蹲下，金魚一口氣鳥獸散。人類看到她都想跑，何況金魚？

「去另一側等比較好喔。讓影子蓋在水槽，耐心等上一陣子。金魚會誤以為影子下面比較安全，自己跑過來。」

「牠們挺聰明的嘛。」

大姊移動到水槽對面，有如殺手般鎖定獵物，伸出紙網。還沒撈起魚，金魚稍微掙扎一下，紙網就破了。

「我柍曉啦！」

「這需要一點訣竅。」

大姊很不甘心。菜菜子在一旁蹲下，拿起新紙網，大膽伸進水裡。

「紙網有乾有溼才容易破。像這樣全部沾溼，其實不太會破。撈的時候，紙網要跟水面平行，不可以垂直，也不要拿著紙網追魚，而是要等魚過來，誘導牠游進盆子……」

她親自示範，手腕一閃，一下子就撈到三隻金魚。

「喔喔，好厲害。」

「妳手真巧啊。」大姊說道。

「這很簡單，你們很快就能學會的。」

菜菜子害羞地說完，又說：「我去幫你們倒茶。」接著起身走向簾子外側。大姊抬了抬下巴，沉默地命令鐵二追上去。鐵二小聲問了句：「呃、什麼？」馬上又被罵：「緊去幫人家啦！」

「我要來觀察金魚，你們兩個去好好聊聊天。」

說去幫忙，是要幫什麼？鐵二在臺階附近晃來晃去，猶豫到菜菜子走回來。

「姊姊呢？」

「這、這個，她說想觀察金魚，讓她自己待一下。」

「這樣啊，那只好森山同學自己喝了。請喝麥茶。」

菜菜子請鐵二坐著，他才慢吞吞走到菜菜子身旁坐下，接過玻璃杯。他從來沒這麼接近女生，也不知道有多久沒跟女生說話，腦子一片空白。總之，他得吸飽空氣才行。

「你有個好姊姊呢。」

鐵二聽到這句話，不願馬上認同，只好沉默。菜菜子又補上一句：「我不是因為她袒護我才這麼說。」

「我丟掉金魚屍體的時候，她合掌拜了一下。我太習慣魚死掉，反而覺得自己該反省。她外表很嚇人，其實很善良。可是你們姊弟只有姊姊講話帶方言呢，那是哪裡的方言？『袂曉』是什麼意思？」

「岡山。『袂曉』就是『不行、做不來』的意思。因為我爸媽工作的關係，大姊小學畢業之前都住在岡山，只有她到現在還改不掉腔調。」

「這樣啊。我覺得滿符合她的氣質，改不掉也沒差？」

菜菜子端起花圖案的杯子喝口茶，說道：「我是去年秋天搬過來的。」

「我小五的時候爸媽離婚，跟著媽媽走。中學二年級的時候媽媽再婚，搬去跟新爸爸一起住——去年夏天，爸爸半夜鑽進我的被窩，打算脫我衣服，我瘋狂用手機角角敲他的頭、踹他下體才逃掉。」

話題突然變沉重，鐵二傻愣當場，不知道該作何反應。菜菜子倒是不在乎他的反應，繼續說下去：

「媽媽看到我差點被強暴，還是想跟爸爸在一起。所以阿嬤收養了我，媽媽大概不想被批評拋棄女兒，到處造謠說我勾引她丈夫，才不敢帶我在身邊。阿嬤當然很生氣，也沒多少人相信，但話真的不能亂說。十個人裡有一個人當真就慘了。謠言會瞬間傳開，變成真有其事。」

所以才有人罵她「婊子」，害她在班上被排擠。不過菜菜子懶洋洋地抱著單邊膝蓋，語氣也不悲傷。短褲外的雙腳纖細嬌弱，看不出她跟大姊是同一種生物。

「假如像你姊姊一樣發火，到處糾正別人，狀況或許會好一點，可是總覺得提不起勁。」

「我懂。」

嘴巴搶先大腦說出話。鐵二脫口而出的這句話十分堅定，他自己都很意外。菜菜子睜圓了眼盯著鐵二，眼神質問「你懂什麼？」事到如今不可能說句「沒什麼」就帶過。鐵二感覺麥茶茶杯沾溼了手掌，結結巴巴組織話語。

「畢竟人的意志力總是有輸有贏。」

「就是有在運動的人常說的那種？」

「嗯……我覺得『意志力』是有形的。妳媽媽太想和新爸爸在一起，寧願說謊黑女兒。跟好壞沒關係，純粹是住谷同學贏不過媽媽的意志力。住谷同學想在這裡快樂生活的念頭不夠強，被媽媽吸走力氣，就沒幹勁了。」

菜菜子不眨眼，仔細聆聽鐵二的話。接著，她抱著單腳向後微傾，嘟噥道：「這樣啊。」

「意志力輸給她……也對，我沒辦法像媽媽那樣不顧一切。嗯，那我懂了。」

太好了，看來自己的詮釋是對的。鐵二才剛鬆口氣，菜菜子又追問：「所以你覺得我之後該怎麼做？」他頓時詞窮，自己的人生經驗也不夠，無法給出多聰明的答案，只能試探地說：「像是創造一些快樂回憶？」菜菜子沒有面露失望，笑著說：「有道理。」鐵二心想，我現在好像在作夢。幾個月之前，他的世界只有汗水、眼淚、男人與棒球，如今卻能和女孩子單獨說話，對方還願意對自己展現笑容。不過，菜菜子的笑容轉暗，宛如烏雲掩蓋了陽光。她說：

「春假的時候，我忘記把室內鞋帶回家，又跑回學校拿。當時在下雨，羽球社在走廊上做室內練習，我聽到社團顧問老師笑著說：『新學期會有危險人物轉學過來。』他又說：『那學生是高中球員，原本待的學校也有望參加春季選拔賽，結果他引發暴力事件，毀掉學校的出場機會，在學校待不下去。』」

原來如此。這次輪到鐵二聽懂了。開學之初，他感覺講臺下的眼神莫名充滿恐懼，還以為消息在鄉下當真傳得比較快，早已做好心理準備度過孤獨的高中生活。如今明白消息出處也無濟於事。

「真是糟糕透頂。」菜菜子一臉厭惡。鐵二遲疑了一下，坦白道：「不過，我的狀況不算被黑。」

「咦？」

「我引發暴力事件、搞砸甲子園的參賽機會，都是真的。」

老師說的是事實，然而鐵二心中的「真相」不只如此，只是他自己還沒整頓好心情，沒自信仔細解釋。說實話，他怕自己激動到哭，很丟臉。菜菜子端詳了鐵二一陣子，最後微微點頭：「好吧。」

「可是，我不怕森山同學。你是那位姊姊的弟弟，人一定不壞。」

沒想到自己的品行要靠那個大魔王掛保證，簡直五味雜陳。才剛說到那位大姊，她就拉開簾子，壯碩身軀擠出簾子外，問道：「菜菜子，彼是啥？」

「那裡貼著一張海報，寫著什麼『撈金魚大賽』。」

「喔，每年八月都會辦比賽。撈金魚大賽算是這裡的大活動，有不少參賽者會從外縣市過來參賽喔。」

「要按怎參加？」

「三人一組，報名費三千日圓，付了費用就可以登記參賽。我們店裡有放參賽表格。」

「好。」

大姊雙手抱胸，用力鼓起短袖POLO衫袖口外、小學生大腿粗的上臂二頭肌。

「鐵二，參賽吧，目標得冠軍。」

「嗄？」

「年輕人無目標，會越來越墮落。免擔心，我也會一起參加。」

「妳參加我才擔心啦，是說我才不要去！」

「那個……」菜菜子遲疑地舉起一手。

「第三位隊員是？」

「當然是菜菜子啦。」

「真的嗎？」

為什麼她這麼開心？

「咦？住谷同學，妳可以嗎？」

「森山同學不是要我創造開心回憶嗎？」

鐵二並沒有「要她」去做，而且撈金魚大賽能當成快樂回憶？他先畫個問號。不過，大姊一旦做出決定，他身為弟弟，連一片金箔厚的插嘴空間都沒有。於是，鐵二被強制訂下十七歲的夏季目標。

森山姊弟每週到訪菜菜子的店三次，練習撈金魚。菜菜子告訴兩人，全國有幾個城市會舉辦撈金魚大賽，這地區的大賽算是小規模。鐵二擔心他們頻繁出入，可能害店裡的常客跑掉。不過，孩子們一開始畏畏縮縮，看著大姊和鐵二大搖大擺地出沒，他們沒多久就習慣了。他們甚至看到大姊就大喊「是魔王！」隨後像幼犬一樣上前打鬧。

大姊對孩子來說，彷彿活生生的遊樂設施，有趣程度不輸Switch，他們經常要求到大姊肩膀上坐高高、跟她玩抓迷藏，有時連鐵二都得下海陪孩子玩拋接球。他很懷疑，高二男生的課後生活這麼過是否正確，但是教這些小小孩揮棒，得到他們的景仰目光當回饋，感覺並不差。他在學校老樣子被同學疏遠，但至少能和菜菜子聊天。

實際認真練起撈金魚，有點難度。大姊和鐵二純粹是體型太壯，他們光拿紙網接觸水就會驚動金魚。紅黑魚兒靈活地翻身遊蕩，偶爾看到好撈的魚群，移動紙網時不小心擾亂水流，魚群頓時四散。菜菜子依舊技巧精湛，動作柔軟，無聲無息誘導金魚游進容器。纖纖玉手持著紙網，倒影在水面輕盈搖曳，鐵二覺得那畫面美極了。他會讚嘆天空、海洋之美，然而這份情愫沒有那麼單純，悄然平淡，卻令他害臊不已。

鐵二以往的人生全心投入棒球，失去棒球之後，他凝望內心的大洞，漫無目的度過每一天。這些平淡無奇的小體驗卻一點一滴填滿他的空洞。他留戀過去，感到孤獨，卻又安於現狀。

這一天是六月底，正值梅雨季。鐵二洗完澡很口渴，走向廚房，便聽見廚房傳來母親與大姊在對話。

「真央，妳當真要和勇分開？」

「怎麼突然問這個？」

「哪裡突然？我以為你們純粹是夫妻吵架，想說看看狀況，但看妳完全不打算回去……勇的個性這麼好，我看全人類只有他敢娶妳當老婆。」

「阿母能對女兒說這種話喔？」

「就是做妳媽才要狠下心！這是為妳好，回去跟勇和好吧。」

「免啦。」

大姊只嘀咕了一句。

那嗓音猶如雨滴落下的聲響，鐵二不由得縮了縮頭，隨後輕手輕腳走回自己在二樓的房間。

不知為何，他很怕看清大姊的表情。「免啦」是什麼意思？鐵二坐在床上沉思。

良久，大姊似乎回到走廊對面的房間，他鼓起勇氣，隔著拉門說道：

「姊，我洗好了。」

「喔，鐵二，進來一下。」

大姊在榻榻米上盤腿，正在喝睡前小酒，但她手上抓著整瓶業務用甲類燒酎。這是山賊的慶功宴？

「酒瓶也太大……」

「無叫你飲，你坐著陪我一下。」

鐵二無奈地坐在大姊正面，朝玻璃杯裡斟酒。洛克杯拿在大姊手裡，就跟小小的日式清酒杯沒兩樣。

「我之前太閒，就去看了菜菜子提過的金魚競標會。」

「是喔，好玩嗎？」

「我根本看無。」

大姊手中的酒沒有兌水，她一飲而下，笑著說：

「有個像游泳池的大水缸，上面擺了板子當走道，水槽裡浮著很多木箱，箱子裡放滿金魚。然後有一棟小的水上組合屋，一群大叔聚在一起，唸著『小赤』、『和金』什麼的……價格從六元、十元，喊到五百元都有，外行人實在看攏無。池子外面也放了裝金魚的塑膠袋，也有大魚。那搞不好是鯉魚？」

金魚跟鯉魚有什麼不一樣？是和海豚、鯨魚一樣看體型分類？還是根本不同種？

「塑膠袋裡水很少，蓋不過魚的全身，就看那魚嘴一開一闔……總覺得，很像我。」

「什麼鬼？」

鐵二滿頭問號，他當真聽不懂大姊的言下之意。說到底，如果拿金魚比喻一般人，她至少是象魚等級（註2）。

「你不用懂。」

大姊不願解釋，自己倒了第二杯燒酎，一口飲下。

大魔王如她，還是多少保有女性特有的柔軟？鐵二趁著午休，跟菜菜子討論這件事。

「你姊姊的老公是什麼樣的人？」

「嗯……簡單說，就是畫風完全不一樣。」

「什麼東西？」

「就是說，假設我姊是寫實漫畫，她老公就像報紙的四格漫畫。」

「你這說法是不是一次罵了兩個人？」

註2　象魚的正式名稱為巨骨舌魚，體型最長可達六公尺，最重可達兩百公斤，是世界上的大型淡水魚。

「不是啦。」

姊夫來問候的那一天，鐵二至今仍記憶猶新。當時他才中學二年級。爸媽原以為姊姊的丈夫就像黑道老大，已經做好心理準備。結果出現在他們眼前的男人又矮又瘦，感覺大姊一個噴嚏就能吹飛他，名字卻叫做「勇」。鐵二聽到的時候差點笑場。魔王和勇者，兩個人的形象配在一起未免太勉強。而且他們是聯誼的時候認識，好普通。

——我之前很怕那種場合，從沒去過，但聽到成員裡有女生很像網球名將莎拉波娃，就起了好奇心……

大姊跟莎拉波娃只有身高相似，大概是聯誼主揪開了惡劣玩笑。但勇偏白的臉頰泛紅，說：「幸好我有鼓起勇氣參加。」父母弟弟三人以視線交流。雖然難以置信，但這人沒在開玩笑。見過面後，兩人之間沒有任何阻礙，家人積極祝福兩人，甚至希望他們在改變主意之前趕快進洞房，於是大姊和勇順利結為夫妻。他們沒有舉辦婚禮、宴客，鐵二上高中之後就住進宿舍，而且大姊的職業是卡車司機，工作時間不固定，鐵二只見過勇幾次。不過勇每次見面總會主動向鐵二搭話，例如「聽說你很會打棒球？」、「能當上體育績優生，不簡單。」話題很乾，但鐵二對勇的印象依然很好。

「聽起來的確奇怪。」

菜菜子說著，戳了戳分量極少的便當，那點飯菜吃得飽？而且她吃飯速度還比鐵二慢，女孩子真是奇妙。

「你姊姊那麼豪爽，很難想像她會分得這麼不乾不脆。能不能私底下聯絡她老公？」

「沒辦法，我不知道勇的電話，去問爸媽絕對會讓姊發現。」

「嗯，那你乾脆直接問姊姊？有些話或許只敢對兄弟姊妹說嘛。」

要插手大姊的婚姻，各種意義上都有點棘手。萬一離婚的原因是勇出軌，他可沒能力安慰大姊。

「還是拜託住谷同學問看看？」

「我跟你姊姊又不熟，很怪耶。」

鐵二遲遲想不到解決方法，期末考又快到了（反正他也不會念書），他不繞道柑仔店，直接回家。母親主動找他：

「鐵二，你回來啦。你有沒有看到指甲刀？」

「沒看到。」

「那應該在真央房間裡，姊姊正好出門了，你去找看看。」

「妳等她回來直接問不就好了？」

「不行啦，我現在就想剪指甲。有時候就是特別想剪指甲嘛。」

鐵二完全無法體會母親的說法，下意識躡手躡腳走進大姊房間。摺疊桌上胡亂擺著雜誌、馬克杯。鐵二翻找了一下，雜誌底下露出一張紙，上頭印著「離婚」二字。他下意識抽出紙張，順勢拉出一個透明資料夾，裡頭夾著文件。

是離婚協議書。鐵二有生以來第一次見到真貨。上頭只簽了勇的名字，大姊的欄位仍然空白。而且文件莫名地厚。好奇心戰勝愧疚，鐵二抽出資料夾裡的文件。

文件全是離婚協議書，而且都只填了勇的欄位。大姊說得像是自己對老公沒感情，但是看到這些文件，顯然是勇想離婚。怎麼會這麼多張？

鐵二把透明資料夾放回原位，把指甲刀交給母親，回房獨自思考。勇變心，主動提離婚，大姊不希望破壞丈夫名聲，所以撒了謊——的確有可能。但是那疊離婚協議書是怎麼回事？至少有二、三十張。勇如果堅持要離婚，很難想像大姊會拒絕他。堂堂大魔王，怎麼會死纏著想走的傢伙？還是說自己年紀尚輕，不懂夫妻相處的眉角？「離婚協議書」這五個字彷彿烙印在鐵二腦中，難以抹滅。

期末考最後一天，菜菜子走到鐵二的書桌旁，問道：「你今天要不要來店裡？」鐵二回答：「我想去個地方。」

「去哪裡？」

鐵二從書包拿出一張明信片。

「這是勇……姊夫媽媽寄來的明信片，上頭有地址。我找過電話簿，地址沒有登記電話，所以想直接去這個地址，向勇的媽媽問清楚。」

轉乘JR跟私人鐵路，路程需要約兩個小時，所以他才忍耐到期末考結束。

「好，那我們現在走吧。我今天拜託阿嬤顧店。」

菜菜子馬上打蛇隨棍上，鐵二著實嚇了一跳。但有菜菜子陪伴，他心裡比較踏實。

「可以嗎？」

「咦？你不是要邀我去？」

「可是對方可能不在家。萬一撲空，對妳有點抱歉。」

「真的不在家再說吧。」

於是在菜菜子的催促下，兩人從學校出發，搭上電車前往勇的老家。鐵二原本想換了衣服再出發，內心還有點忐忑不安，菜菜子倒是不太在乎，正用手機前鏡頭自拍。

兩人在轉乘站內的立食蕎麥麵店吃過午餐，跟隨手機導航，輕易抵達一間公寓，那就是勇的老家。一路上太順利，鐵二還沒做好心理準備。

「怎麼辦？」

「你按電鈴呀。」菜菜子催促道。

「可是勇他們家是單親家庭，勇的媽媽比他更柔弱……我的髮色太奇特，搞不好會嚇到她。」

「那我來按，哪一間？四零一室？」

菜菜子不等鐵二準備好，直接找到門牌號碼，快速按下門鈴按鈕，屋裡人隨即出聲回應：『您好？』這下完蛋了。

回程車上，菜菜子默默不語，鐵二也沒說話。西斜陽光越過百葉窗，灼燒兩人的背脊。蟬鳴唧唧，去程時完全沒察覺外頭的蟬如此擾人。相對於外頭的豔陽天，火車內昏暗陰沉，鐵二茫茫然望著某處，菜菜子忽然指著懸吊式廣告說：「你很在意那個？」那是棒球雜誌的宣傳，標語寫著「夏季甲子園全力特輯」，但在她提起之前，鐵二完全沒發現廣告。

「沒有。」

地區預賽即將進入高潮，但鐵二不在乎前一所學校的勝敗。

「我本來就沒特別喜歡棒球。」

「可是你之前那所高中的球隊不是很強？聽說很難進去。」

鐵二自幼體型高壯，性格膽小（跟現在一樣），天天被人欺負到哭著回家。大姊受不了老弟，強迫他加入當地的少年棒球隊，鐵二才開始打棒球。鐵二一開始當然哭喊不想去，但大姊提出了地獄的二選一：「你要去打棒球，還是予我打到屁股開花？」鐵二選了前者，心不甘情不願地練下去，晚別人一步發現，自己的體能比其他同齡兒童突出。跑得快、跳得高、揮棒力道又強，最重要的是夠強壯。漸漸的，鐵二不再叫苦連天，能夠承受任何嚴格訓練，小學、中學都打出不錯的成績，才讓棒球強校相中。

「我不是謙虛，我是真的太怕我姊才一直練球。中途轉去練足球還要從頭開始，光想就很累。而且啦，去練球就不用上課了，就覺得不壞。」

「可是高中不是有那種魔鬼教練？」

「說是教練，比較像學長？我們從早練到晚，洗了澡吃了飯，他還要我們去洗制服，說什麼『晨練之前一定要弄乾』，但是一年級還不能用烘衣機。」

「那怎麼辦？」

「我們只好雙手抓著制服跑操場，像被風吹的鯉魚旗那樣，跑到制服乾為止。」

「真的假的！」

菜菜子拍手大笑，接著嚴肅地道歉：「抱歉。」

「聽起來不應該笑。體育生好可怕，這樣不就不能睡覺？」

「我們會趁上課的時候爆睡一波。」

教師默認校隊成員打瞌睡，只能當作那間學校就是比較注重體育。年紀差了一、兩歲，棒球實力強一點，就決定學生的階級。事實很殘酷，魚池裡匯集一定數量的魚，錦鯉能夠悠然游泳，下雜魚只能成堆地被人跳樓大拍賣。鐵二體魄強健，教練的斥責、高年級生的惡整又比不上自家大姊可怕，所以他過得還算順遂。他沒特別想在魚池裡升上一軍，或是成為先發隊員。

鐵二住進八人房宿舍，第一個交到的朋友不是挖角來的學生，而是普通考進球隊的特選生。對方步伐矯健，身高卻矮，身材削瘦，狂操猛練之後一塞食物就吐，長不了肌肉。講實話，他就等於最便宜的金魚。儘管好友懷抱十足十的熱情與努力，身體依舊跟不上，但他仍然死命留在憧憬已久的棒球社，天天沾滿泥巴也不叫苦。然而，好友馬上成為高年級生的攻擊目標。高年級生老是拿些無聊的理由找碴，打招呼的聲音太小、鞠躬角度不夠等等，又是戳頭又是踹屁股。有時甚至要求好友幫數十人跑腿。其他一年級生假裝沒看見好友被欺負，鐵二提議向教練告狀，好友卻死命阻止他。

——我在球隊已經是吊車尾。萬一事情鬧大，球隊一定會要我離開。鐵二很有才能，不要害自己被盯上。

才能算什麼？假設自己真有才能，為什麼連一個朋友都幫不了？幫朋友保密算是正確做法？鐵二搞不懂。姊的話會怎麼做？他捫心自問，懷抱質疑過了一天又一天，於是到了年底，爆發了那起事件。

鐵二的學校和一所實力較低的高中進行練習賽，原本只是「紆尊降貴」

的陪練，鐵二的學校卻意外吞了大敗仗。對方大獲全勝，我方別說是大敗，根本是一敗塗地。學校教練原本眼睛長在頭頂上，態度之高傲堪比高樓大廈，這下臉全丟光了，痛罵全體社員「鬆懈過頭」，所有人被罰跑操場二十圈。

上流水勢湍急，水流向下流時自然更加激烈。鐵二的好友被學長指名留下，包括鐵二在內所有人都有預感，他今天一定會被整慘。鐵二先回宿舍，還是很在意好友的狀況，悄悄走回社團教室，就看到好友被高年級生團團圍住，他跪在地上，全身赤裸，大腿上雙拳緊握，鼻血一滴又一滴落下。鐵二當下腦中傳來非常不妙的聲響，彷彿有人慢慢折斷溼潤的樹枝，喀嘰、啪嘰。這是自身內心腐朽的聲響。

好友果然被痛揍了。可是沒辦法，他的實力一直不長進，他也有錯。

現實比想像中更殘酷，難以直視，於是自己勉強配合那扭曲的鏡片，漸漸受到這裡的價值觀汙染。鐵二察覺這一點，再也無法忍受，直接抄起球棒撲上前。他真心認為，不毀掉眼前的景象，自己會跟著崩潰。在場是一對多，卻沒人敢面對瘋狂的鐵二。鐵二大鬧一場，但旁人立刻請教練到場阻止，沒有多少人受害，頂多碎玻璃割傷了幾個人。社內本來打算私了，這件醜聞仍傳了出去，社團暫停活動三個月，鐵二退社，等於只能轉學。

好友不再是朋友。他對鐵二說：「全都怪你！」鐵二有生以來第一次被人憎恨。

——我好不容易忍到現在，這下都玩完了！都是你多管閒事……

「什麼好啦、壞啦、正確、錯誤，斷定這些東西根本沒意義。」

鐵二目不轉睛盯著懸吊廣告，嘟噥道。

「既然他這麼想打棒球，想在這所學校參加甲子園，甘願被人痛揍，我除了說句『好吧』，還能怎麼辦？」

「你的意志力輸給他了呢。」

「嗯。」

菜菜子輕輕把頭靠上鐵二的肩膀。女孩子身上的味道都很香，原來不是都市傳說。

「……你要把今天聽到的事告訴你姊姊？」

「就算我保密，總有一天會曝光吧。」

「那要說嗎？」

「我不知道……」

勇的媽媽，大姊的婆婆見到鐵二忽然到訪，深感疑惑，仍讓兩人進屋，接著聲淚俱下地解釋。

勇患上罕見疾病，正在住院。這種疾病是漸進式，肌肉會逐漸萎縮，最後會無法自主呼吸，必死無疑。死期因人而異，可能是一年後，可能是十年後，但帶給照顧者與看護的負擔難以估計。所以勇才要求離婚，原因是他的母親獨居，他必須把保險金留給母親。

——真對不起。那孩子太頑固了，話一出口就不聽人勸。

勇的母親低頭道歉。

——但我也贊成他們離婚。真央還年輕，我不希望她一輩子都花在勇身上。

勇的頑固打敗了魔王。大姊也是輸給對方的意志力，才回到娘家。魔王就是註定要輸給勇者？

菜菜子說：

「我們怎麼都輸給別人……真想贏，就贏一次也好。」

「真不甘心。」

傍晚，鐵二回到家，正好看到大姊在庭院收衣服。

「你幹什麼去了，哪會遮晚？一考完就玩瘋，真享受。」

「姊。」

「按怎？」

「我聽說勇的事了。」

大姊登時僵住臉。她抱起所有衣服扔向走廊，背對鐵二。

「姊。」

「不准說出去。」

「我不會說啦……妳要怎麼辦？」

「毋知。」

答覆聽起來手足無措，一點也不像魔王。

「他甲我說，不想讓我看到他全身插管，眼瞼動不了，也說不出話的樣子。他希望我只記住他有精神的臉，還說是他一輩子的請求，叫我欲按怎？我就講……搞不好以後會出現新藥，能治好他。勇就氣得說：『不要提那種奇蹟！』他第一次對我生氣。他哭著講，自己忍不到奇蹟發生。我才發現，自己根本沒有決心，也無法理解勇的痛苦。我足見笑、足毋願，我……」

她沒有哭，但魔王寬厚的背脊第一次看起來有氣無力。鐵二上了二樓，從大姊房間拿出那疊離婚協議書。一張一張仔細翻看，前幾張勇的筆跡還十分工整，隨著頁數增加，漸漸歪斜，到最後，字跡宛如痛苦打滾，顫抖不已。自己的身體越來越不聽使喚，眼睜睜目睹自己病況惡化，無數恐懼配上一張又一張道別，遞到大姊眼前，她究竟懷抱何種心情接下這些協議書？

鐵二原以為大姊會躲在房間幾天，沒想到她一大清早就出門了。媽媽說：「她好像去打工了。」

「那孩子有堆高機執照，說是去倉庫工作呢。」

「搞不好再過一陣子，她就會開著怪手到處跑。」

看父母這麼悠哉，鐵二不由得想坦白一切，但他勉強忍住。大姊打工的倉庫離家有十公里遠，她居然是走路通勤。媽媽無奈地表示，大姊明明可以找離家近的工作，但鐵二明白大姊的心情，她應該是想猛操身體來逃避現實。大姊現在關在塑膠袋裡，只能大口喘息、掙扎，勇也和她一樣。既然如此，還不如兩人同在一池水裡好得多。鐵二天天往柑仔店跑，幫忙打掃、做雜事，換取機會免費練習撈金魚。他慢慢能預測金魚的移動方向，搶先繞道撈起金魚。儘管這技能沒什麼用處，人有進步就值得欣喜。進步代表流逝的時間有意義。暑假到來，七月迎來尾聲，兩次原爆紀念日與終戰紀念日（註3）即將來臨。

註3 兩次原爆紀念日分別為八月六日與八月九日，終戰紀念日為八月十五日。

八月下旬的星期天早晨，萬里晴空，鐵二站在大姊房前，說道：「是今天要比喔。」

「撈金魚大賽，是姊提議要參加的啊？住谷同學特地幫我們做了三件一樣的T恤。我把妳的份放這裡，是XXL號。」

拉門另一頭沒有答覆，但大姊應該聽見了。

「走啦。我們至少要贏一場。妳比贏了，就回勇身邊吧。」

玩遊戲拿冠軍，其實沒什麼意義。不能贖罪、不能解決問題、也不能讓誰好看，但鐵二想贏。儘管那勝利再小、再微不足道，他想取勝，想把那小小的勳章裝飾在胸膛，告訴自己，沒問題，自己過得下去。

鐵二來到綜合體育館，這裡就是比賽會場，菜菜子已經在報到處等著。

「鐵二，你姊姊呢？」

「還沒來。」

「這樣啊……」

體育館隔壁的公園擺了許多攤販，處處升起爐煙，叫賣聲此起彼落。電視臺也到場採訪，不愧是這小小城鎮的一大盛會，好不熱鬧。兩人站在豔陽下，看著參賽者的隊伍逐漸辦完手續，接過背號。自己的影子落在柏油路面，汗水流下，在影子上滴出濃黑點塊。漆黑深處彷彿毫無止境。

「第一次預賽即將開始，尚未報到的隊伍，請盡快推派代表前往會場入口的帳篷。」

全新T恤吸滿汗水，緊黏後背。難不成真要不戰而敗？不安湧上鐵二心頭，這時躁動彷彿傳話遊戲似的，從遠方傳來。

——咦，好誇張。

——太壯了吧……

鐵二和菜菜子對看一眼。只見大姊有如摩西分海，大搖大擺分開人海走來，鐵二從未如此以她為榮。

「鐵二的姊姊！」

菜菜子不畏旁人目光，撲向大姊，大姊穩穩接住菜菜子，轉了幾圈。菜菜子開心大笑。離心力把她的身體拋得高高的，要是她放開手，大概會像鐵餅一樣飛出去。

「菜菜子，歹謝，讓妳擔心啦。」

這話應該先跟我說。

「不會。」

大姊放下菜菜子，輕撫她的頭，率先走在前頭，說：「我們走。」與金魚體色相仿的朱紅色T恤，背後用黑字印上大大幾個字，「魔王隊」。

魔王隊順利贏得第一次預賽、第二次預賽，晉升排行前十名，得以參與最後的決賽。每天的辛苦練習，在今天開花結果。

「決賽即將開始。各位參賽者準備好了嗎？」

成群的和金金魚在小浴缸大小的水盆游來游去。這麼多魚，乍看想撈多少都撈得到，這些魚兒可沒這麼容易讓人得手。規則和之前一樣，限時三分鐘，比哪一隊撈得多。紙網只有一支，破了就出局。魔王隊三人在水盆的長邊一字排開，默默交換目光，點了點頭。

「各就各位，預備，開始！」

體育館內響起哨聲，鐵二將紙網浸入淺淺水中。胸口鬥志昂揚，但是不可以太過躁動，要意識並活用身體的每一塊角落。球賽場上久違的感覺，再次重現。

去取得勝利吧。

「不好意思，我們是當地電視臺的記者，可以請三位說幾句話嗎？雖然三位沒能得獎，仍經過一番努力，獲得第四名，恭喜三位！三位在外觀、T恤都非常顯眼呢。請問三位是什麼關係呢？」

「勇！」

「咦？」

「勇，予我聽清楚！我馬上就回去，管你有多少藉口，你死也逃不開我！甲恁祖媽等著，好膽莫走！」

「這、等等。」

鐵二趁大姊獨占全會場目光，和菜菜子一起逃到外頭。逃離會場的熱氣，晴朗午後的戶外仍然熱得令人暈眩。兩人在攤販買了刨冰，邊走邊吃。

「輸掉了呢。」

菜菜子選了草莓口味，語氣十分開朗。

「但過程很好玩，沒差。鐵二，你覺得呢？」

鐵二單手拿著哈密瓜口味刨冰，答說：「我也覺得。」

現實沒有任何改變，但是他們在這個夏天創造一個難忘回憶。

鐵二真心覺得這次體驗很難得，畢竟沒人能保證，他們下一個夏天也能一樣有趣。

「我的想法和住谷同學一樣。」

「是哦？」

菜菜子用湯匙挖了挖色澤鮮豔的刨冰，突然停下腳步，抬頭望向鐵二：

「是說……」

「鐵二打算一直叫我『住谷同學』嗎？」

「呃……那，住谷？」

「不對吧？」

這狀況比被大姊恐嚇還可怕。

「……菜菜子。」

鐵二畏頭畏尾地呼喚，對方才笑著說「很好」，含了一口紅色刨冰。

手機傳來通知，鐵二才得知今天是甲子園決賽。有人贏，有人輸。天際掛滿一疊疊夏雲，攝氏三十六度的道路上，人影稀疏。

耳邊沒有比賽結束的鳴笛聲，連幻聽都聽不到，倒是甜膩刨冰在口中咬得喀喀作響，令他心曠神怡。

隔天早晨，大姊在電視前咆哮：「為啥啦！」

「為什麼電視沒有播我的訪談？」

「那種東東哪能播啦。」

那訪談聽起來簡直像犯罪預告。

「而且那是有線電視臺，勇根本看不到。」

「毋較早講！」

「人家一開始就說是當地電視臺了。」

「你們兩個吵死了，孩子的爸，轉個臺……唉呦，說是出生十個月大的嬰兒死掉了，好可憐。」

鐵二今天和菜菜子約好要去游泳。

他整晚想像菜菜子的泳裝，根本睡不著覺，怕自己游一游腳抽筋，要做足暖身運動。

鐵二準備泳裝和毛巾，便聽見玄關傳來車輪喀啦喀啦響。

鐵二停下動作，凝神聆聽逐漸遠去的噪音——是姊的聲音。

他小學二年級時，有一次在超市摔斷了手。鐵二痛得哭喊，大姊把鐵二塞進購物車，一路衝刺到醫院。

她不顧店員制止，車輪喀啦喀啦響，用力刮過地面。

——如果我沒辦法打棒球怎麼辦？

——袂啦，鐵二，不要哭。阿姊佇遮。

「放心吧，姊。」這次輪到鐵二心想。奇蹟不會發生，所以妳要陪在他身邊。堂堂大魔王，哪怕最後註定敗北，也要挺身面對。

魔王，回去吧。妳要伴隨那陣噪音，回到勇者身邊。

野餐

今天是期待已久的野餐日。母親、女兒、女兒的丈夫、丈夫的雙親，以及女兒夫婦半年前剛生下的嬰兒。公園草地陽光普照，風有些強，吹得野餐墊頻頻掀起，樹葉或許會隨風飄進茶杯。儘管如此，這一天想必會成為美好的回憶。等嬰兒長大，就能當成笑話說給她聽。總有一天，他們也能向這孩子講述，這一家人究竟跨越了什麼樣的苦難。

母親名為希和子，她的女兒名叫瑛里子。希和子的丈夫早逝，但他留給母女充足的遺產，瑛里子順遂地大學畢業，到地區性銀行上班，在職場遇見大她三歲的裕之。五年後，兩人結婚了。希和子捧著亡夫遺照出席女兒的婚宴，不停拭淚。丈夫離世後，整整二十五年，一個女人家拉拔女兒長大，她的淚水充滿感慨與些許孤寂。但女兒夫婦在希和子家附近買了新房，兩家交流十分頻繁。「放岳母孤單一個人，瑛里子想必會很擔心您。」希和子聽裕之這麼說，對他感激不盡，也暗下決心，要自重，不要過度干涉兩人。一年半後，夫妻生下了女兒。

希和子在婦產科抱起自己第一個孫女，這次的淚水飽含純度百分之百的喜悅。女兒和善良的女婿，可愛的孫女。新生兒的溫熱與重量，令她想起瑛里子出生時的觸感。當時抱起瑛里子，一瞬間憐愛宛如狂浪，席捲自己。但現在不同，幸福如潮水，從指尖一點一滴盈滿自己。眼前的小生物確實和我的女兒、我以及已逝丈夫血脈相連。彷彿有一條發光細絲繫在彼此的小指。希和子衷心期盼，希望這條絲線別斷，希望自己能盡可能握緊絲線，長長久久。她的嘴唇小巧，只能勉強咬住乳頭，唇瓣微微蠕動，口腔尚未長牙，呈現滑順的桃紅色，她不禁想窺視那粉色宇宙。真是的，這孩子太可愛了。

女兒見希和子直呼「好可愛」，儘管臉上帶著產後的憔悴，她仍向希和子露出令人疼惜（卻又清爽）的笑容：「有嗎？」

——這不是老臉嗎？我還以為是老人生的小孩。

——別胡說。她只是累了，以後會變得越來越可愛。

——她的嘴巴或其他地方，像不像爸？

瑛里子只看過父親的照片。希和子覺得有點像又不太像，依舊感謝女兒提到父親。

——我可以隨時為這孩子而死。

——媽，別亂說，好不吉利。

——我這是真心話。

希和子真誠地心想，假如現在有歹徒闖進來，挾持嬰兒脅迫希和子跳樓，她肯定不顧一切從七樓窗戶跳下去。不，她甚至希望真有人來脅迫她，以證明自己對這孩子的愛。她也許下意識起了預感，認為現在這一刻就是幸福的顛峰。猶如來到摩天輪頂端，才剛察覺抵達最上方，座艙就往剩下半圈降去。希和子或許暗自希冀——自己的時間停在這一刻。

小嬰兒從希和子的名字取一個字，取名為「未希」。瑛里子調養產後虛弱的身子，並在婦產科有生以來第一次挑戰育兒。不久前，夫婦倆才撫摸脹大的孕肚，討論育兒有多辛苦。希和子也告訴他們，生產這回事，不論生產當下、生產後，都難以預料會發生什麼狀況。無論現代醫療多麼進步，做母親的都一樣辛苦。

瑛里子個性不算樂天，內心卻隱約覺得「說得這麼嚴重又能怎樣？」她的人生至今並未遭遇過太大挫折。考試、就業、結婚，她都普普通通地過關了。她不認為自己特別幸運，也不覺得自己特別賣力。她始終只以「普通」程度的努力達成要求。也因此，她相信自己可以順利面對生產、養育新生兒。

育兒很辛苦，說是這麼說，動物的幼體不用父母教，一出生就會爬行、尋求母乳，瑛里子漫不經心地以為，自己生下的孩子也和動物無異，會「遵行本能」、「自動」選擇最能生存的方式。她笨拙抱起如同赤裸小猴的未希，想讓她含乳，未希卻瞬間撇過頭，瑛里子當場愣住。居然從哺乳就失敗？瑛里子原本預想孩子會嚴重夜啼、斷奶或如廁訓練不順利，萬萬沒料到，漫長的育兒馬拉松第一步就碰壁。無論她怎麼改變乳頭接觸的角度、抱法，未希始終不願將觸碰嘴脣的異物當作維持生命的必備品，尚未長硬的脖子扭來扭去，不停哭訴飢餓。

——哎呀，可能是有點不太好吸，戴個護乳墊好了。

護理師看不過去，在乳頭裝上矽膠護乳墊。未希終於開始吸起母奶。

——啊，她會吸了，太好了。護乳墊很方便喔。哺乳的時候總會弄得乳頭都是傷，戴著還能保護乳頭。

我餵自己小孩的時候痛到哭了呢。護理師明快地說著，但是瑛里子只聽了一半。拖著產後疲憊的肉體，為新生兒量身打造營養來源，卻被新生兒拒絕，連吸口都必須戴墊子「矯正」，大大打擊瑛里子。這事說給別人聽，旁人可能一笑置之。但對瑛里子而言，她懷胎十月，好不容易見到自己的孩子，孩子竟對自己打了零分。而且問題出在乳頭形狀，瑛里子無從努力。

這一晚，瑛里子躺在單人房病床，向希和子發ＬＩＮＥ，說「小孩不會吸母乳」。希和子馬上回覆。

「大家一開始都會碰到挫折。用眼過度對身體不好，早點睡。」

瑛里子被未希拒絕、別人幫自己的乳頭戴上墊子，感受難以言喻的羞恥和屈辱。她沒有向母親坦承自己的心情，但母親溫柔的話語令她心頭一暖，哭了出來。我當上母親，也還能繼續做媽媽的女兒。天經地義，卻撫慰了瑛里子。她想回家。在哺乳室跟別人孩子比較、護理師時時注意自己的狀況，都讓她累極了。她想回家請母親幫忙，好好休息。但願能和未希一起早日返家。熄燈後，房間十分陰暗，淚水從眼角滑向太陽穴。瑛里子擦去眼淚，真心祈禱。

產後一週，母女一起出院，終於開始家庭育兒。瑛里子搭計程車一到家，已經疲倦得不得了，簡直想直接蹲在大門外。未希依然不肯直接含乳頭喝奶，母乳產出又少，還得接受催乳按摩，名為「按摩」，過程卻形同刑求。縫合過的會陰尚在隱隱作痛，哺乳時間零零碎碎，按摩又伴隨劇痛，還要上新生兒沐浴等等課程，瑛里子感覺自己的生產傷害完全沒有時間痊癒，就連丈夫前來探視，想找她聊上幾句，她都沒力氣好好回話。

回到家中，狀況並未顯著改善。瑛里子抱著未希，雙眼宛如殭屍，精神昏昏沉沉，還是得撐著照顧未希。她的乳房彷彿扭過十次的抹布，乳暈稀少，千方百計讓未希喝下母乳（附墊子）和牛奶，還沒喘口氣，未希又吐奶、不打嗝、不睡覺……嬰兒用哭聲表達所有壓力，響亮的號泣不留情地擾亂瑛里子神智不清的腦袋。

又來了，這小生物還不懂世界的組成，就時時刻刻審判自己。未希的哭聲就是判定「出局」。判定項目不是外表、性格或頭腦，而是她身為「母親」的本領，縹緲無形，卻是每個女人最根本的能力。

希和子盡力不多嘴，化身女僕，無聲無息做好家事，照顧瑛里子。她從不逼女兒全母乳哺育，默默完成主婦的職責。公衛護理師到府訪視時，大大稱讚希和子。

——家裡真乾淨，是令堂幫忙打掃？太好了，有親生母親在旁協助就是不一樣，好太多了。

這句話只是普通的閒話家常。然而瑛里子變得非常敏感，無法坦率面對這句話。怎麼聽都覺得對方在暗示，妳很好命。

——我不喜歡那個人。

——妳說護理師？他感覺人不錯呀……

——他滿口「令堂」、「令堂」的，像是逼我心懷感激。陌生人還多管閒事。聽到未希的體重沒增加，他還故意「嗯」了很長一聲，好像很疑惑，簡直裝模作樣。

希和子安撫女兒，覺得她想多了。

——凡事都往壞處想，只會讓自己更累。很多小嬰兒和未希一樣，食量很小，人家也知道的。

——我小時候怎麼樣？

瑛里子質問希和子。

——我也老是不喝奶？很難入睡？

——沒有，瑛里子非常好帶，完全沒有這些狀況。

希和子老實回答。瑛里子聽了，突然怒吼：「什麼嘛！」

——那妳還說什麼「很多小嬰兒」，根本無憑無據！媽還不是沒碰過！

未希還睡在和室裡未收拾的被窩上，突然哭了出來。瑛里子彷彿剛從沼澤爬起，艱難地起身，呻吟似地低喃：「來了來了……」

——聽到了、我聽到了，別哭了。

希和子從未聽瑛里子發出這種呻吟，心裡覺得不妙，便提議：「媽來幫妳顧。」

——妳去休息一下。

——不用，我自己顧。我會顧好她。

——瑛里子……

——媽已經幫我包了打掃、洗衣、煮飯，讓我可以專心育兒，我很好命，我不能再偷懶，應該要好好照顧孩子。對不對？

——沒有人這麼說呀。

——他們當然是在心裡想！每個人都這麼想！

「每個人」是指誰？希和子本想反駁，看到瑛里子的淚水，又吞了回去。現在跟這孩子講道理，她也放不下情緒。瑛里子淚流滿面，抱起未希走向廚房，準備泡牛奶。一連串動作早已重複到煩悶，儘管她疲憊落淚，雙手仍流暢無礙，猶如設置好程式的機器人。

感覺她比自己當年還辛苦。希和子在內心嘆息。幸虧自己奶水很足，瑛里子也很努力喝奶，而且她新生兒時期就很好睡……不知是不是時隔久遠，希和子已經記不清楚。自己也許曾像瑛里子一樣哭哭啼啼，只是腦中僅保留美好的記憶。她拿出老舊相簿，翻開一看，褪色相片中的女兒，全都笑得甜甜的。不過女兒哭鬧的時候，她可沒心情掏相機，這些笑臉當不了證據。瑛里子幼時經常抱著娃娃。那是一個嬰兒娃娃，眼睛上鑲著長長的睫毛，眼瞼可以一開一闔。對了，瑛里子當時和嬰兒差不多大，卻常常抱著嬰兒娃娃扮媽媽，嘴裡唸著「好乖、好乖」、「睡覺覺」，可愛極了。那娃娃擺到哪去了？

說到丈夫裕之，他溫厚認真，周遭人提到他都沒有惡評，然而在育兒方面，他的缺點和許多男性一樣，總是置身事外。嘴裡老說著「需要幫忙就告訴我」、「孩子哭很正常，我不會厭煩」、「不用顧慮我，儘管依賴岳母」……裕之明明一起上過產前教育，事事依舊袖手旁觀。瑛里子再怎麼抗議裕之搞錯重點，他還是一臉哀傷，以為瑛里子只是照顧孩子太累有脾氣，沒有半點改變。瑛里子的營養、睡眠時間都被嬰兒吸得一乾二淨，腦子無法正常運作，沒有力氣長篇大論反駁裕之。自己必須優先打起精神，不是浪費時間教育老公。

夫妻之間剛出現摩擦，裕之又突然接到職務調動。說是別縣市的分店人手不足，必須盡早派他去補足人手。

——公司說一年就能調回來。

調動地點在隔壁縣市，但是距離家裡單程就要兩個小時以上。「我暫時要單獨赴任，但是週末會回家，妳不用擔心我。」丈夫若無其事地說完這番話，瑛里子頓時氣炸。

——為什麼非得挑這種時候調動？什麼叫做「不用擔心我」，你知道自己的小孩剛出生嗎？

——我的意思是，趁現在離家一陣子，小孩才不會寂寞。老婆是全職媽媽，我沒辦法用小孩當理由回絕公司。

——豈有此理。你現在就已經什麼都沒做了，還想把未希扔給我一個人顧？

——瑛里又不是單獨照顧孩子，而且岳母什麼事都幫妳辦好……

——我看起來過得很悠哉嗎!?

兩人自交往開始，第一次吵得這麼凶。瑛里子憤慨地向母親抱怨：

——公司調動又不是非裕之去不可，他一定是自己舉手說要去。他就是故意搶先提出建議來討好人，像是主動提議住得離媽近一點，或是用媽的名字給未希取名，都是這樣。

這孩子又開始負面思考。希和子有些手足無措，仍安撫道：「他畢竟是上班族。」

——一般下屬沒辦法拒絕上頭的命令，這很常見呀。

——媽又沒去外面工作過。

瑛里子一口反駁道：

——爸也沒當過上班族。

就如瑛里子所說，已逝丈夫是獨立執業的醫師，希和子短期大學一畢業就相親結婚，沒有社會歷練。她想同理女兒的心情，但不該陪她批評裕之……夫妻倆遲遲沒有和好，裕之就這麼調職了。

不過這點程度的不睦不需要「努力跨越」，時間能解決一切。未希漸漸穩定發育，心情好的時候，熱牛奶色澤的軟嫩臉頰高高揚起。未希越來越常露出笑容，瑛里子的精神狀況也逐漸安定。她仍忙得不可開交，但輕戳那又小又飽滿的指頭，內心感動極了。世上怎麼會有這麼可愛的生物？她熱情地傳未希的影片給裕之，也比較有心情出門散步，和抱著同齡孩子的新手媽媽交換心得。生不如死的階段只有僅僅數個月，身處其中時，像在永夜中徘徊，彷彿黎明永遠不會到來。不過，只要窺見一線光明，那些困難自然迎刃而解。

——我那時候太誇張了。

希和子仍會定期到瑛里子家中幫忙家務，但已經減少頻率。希和子聽瑛里子這麼一說，笑道：「這也沒辦法。」

——未希長大生了孩子，就要換妳幫她了。

——還早呢。

——別說還早，時間一轉眼就過去了呢。

瑛里子心想，也是。也許事後再回想，孩子可愛、惱人的時期，都只有短短一瞬間。這孩子無法獨自站立、需要人陪伴的時間十分短暫。一想到這裡，疼愛之情便如洪水般湧上心頭。不論未來發生任何事，媽媽都會保護妳，給妳幸福。分享自己血肉的孩子，抱起來十分沉重，但這份重量就代表瑛里子的幸福。

當時，未希已經滿十個月大。

——妳要不要偶爾去看看裕之？

希和子提議道。

──洗衣、打掃之類的，男人總是做得不夠徹底。我會住進來照顧未希，妳就去一趟。

瑛里子很猶豫，不過未希給外婆顧的時候總是很開心；問了裕之，他也歡迎瑛里子過去。於是她產後第一次放下女兒，獨自出門。沒有抱著孩子，也沒有背媽媽包，身體非常輕盈。然而，感覺輕鬆的另一方面又很不安，身體彷彿隨時會被風吹走。原來不是她繫住未希，是那孩子讓自己安穩地踏實地面。她坐立不安，像是把重要的器官留在別處。不過抵達丈夫的公寓之後，一邊碎念一邊啟動洗衣機、拿吸塵器吸地，這份不安便漸漸淡去。

──瑛里，抱歉。我和朋友、大學學長聊過，才發現自己根本沒有好好面對瑛里跟未希。

──我當時沒餘力和你商量，總是馬上發脾氣。我也要說對不起。

兩人獨處，終於能敞開胸膛慰勞彼此。未希出生之後的種種芥蒂，一一化解。瑛里子鬆了口氣。

夫妻久違地融洽相處一天。到了隔天午後，事情發生了。

——啊，我媽打電話來了。她可能覺得我玩得太放縱，氣得打來問我什麼時候回家。

——岳母才不會這麼說話。

瑛里子跟老公鬥完嘴，接起電話，便聽見母親語帶顫抖地說：

——未希不動了。

瑛里子聽完這句話之後，不記得接下來跟母親說些什麼。回過神來，她和裕之身在當地醫院，未希睡在幼兒用的小床。希和子痛哭失聲，癱軟在地。

——未希，未希，對不起……

這孩子不是睡著，而是如沉睡般死去了。可是，她為什麼死了？因為自己一整晚不在家？因為自己無法對裕之更溫柔？還是因為自己的母乳太少？握緊了拳，才發現手中握著硬梗。那是長筷。電話響起時，自己正在幫裕之做可久放的配菜。手緩緩鬆開，「喀答」的一聲，一雙木棒滑落地面。那雙長筷隨處可見，丈夫可能是在百元商店買的。長筷滾進了止滑溝，瑛里子望向腳邊的長筷，終於察覺自己並非作夢。未希死了，自己的女兒死了，再也回不來了。

她發不出聲音。自己彷彿手腳被扭斷，哀號卻只在肚裡悽慘迴盪。瑛里子摀住雙耳，抱頭蹲下。「嗚嗚、嗚嗚嗚……」哽咽宛如野獸低吟，就像自己陣痛時的呻吟。當時是為了生下未希，現在呢？她是為何而痛苦？丈夫又為何輕撫自己的背脊？

眾人還身陷混亂，病房房門打了開來，一名白衣男子探出頭。

——死者的爸爸媽媽，請過來一下。

他是小兒科醫師，假如父親還在世，應該和他差不多年紀。醫師先表達哀悼之意，隨即急促地解釋：

——未希的死因是「急性硬腦膜下血腫」，簡而言之，就是頭部遭到撞擊，引發腦內出血，血塊壓迫大腦致死。寶寶送到醫院時還能自主呼吸，但撐不了多久就去世了。外婆向醫院表示，未希跌倒時下了陣雨，她正在陽臺收衣服。兩位當時都不在現場？

裕之聽見「現場」二字，不禁蹙眉，仍然回答：「是。」

——我一個人在外地工作，內人昨天正好來找我。

這次輪到醫師蹙眉。對方的態度看在瑛里子眼中，像在指責自己是壞母親，居然放寶寶在家自己外宿。

——以前曾有類似狀況？

——嗄？

——例如未希身上可曾出現可疑傷痕……

——可疑？什麼意思？

裕之不由得激動起來，醫生的眼神越發嚴肅。

——敝院懷疑未希遭到虐待。院方有通報義務，已經聯絡警方，警方之後會請教兩位實際狀況。寶寶遺體也會交由司法解剖。

瑛里子還無法承受年幼孩子驟逝，事實化作第二箭、第三箭，射穿她的心臟，丈夫的抗議聲，母親在病房內的啜泣聲，直接通過心中大洞，勾不起瑛里子的任何情緒。

正如醫師預告，當地警方隔天就請家屬到警局，詳細詢問育兒狀況、家庭關係。想當然耳，警方花最多時間質問已逝寶寶的外婆希和子。希和子向女兒夫妻這麼解釋：

——未希早上五點就睡醒，自己拿玩具玩耍。她玩得很起勁，我本來要帶她去公園，結果十點的時候她又想睡，我就在和室鋪床讓她睡。我本來一邊看書一邊顧她，外頭忽然劈里啪啦下起大雨，我急忙到陽臺收衣服。一回房間，就看到未希仰躺在被墊上抽搐。我不知道該不該碰她，趕快翻看家裡的兒童急救手冊，結果未希就一動也不動了。然後我就慌慌張張打電話給瑛里子。

未希已經會抓東西站著。她可能在希和子去陽臺的時候睡醒，抓著嬰兒護欄站了起來，無法維持平衡，向後跌倒，用力撞到頭——這些都出自希和子推測，但她沒見到寶寶跌倒的瞬間，猜測終究只是猜測，但她想不到其他原因。

然而，警察卻不認同，他們一再質問希和子：「她跌倒的地方不是硬地板。」

——她是在榻榻米上跌倒，上頭還鋪了被墊。小嬰兒身高才近七十公分，在那麼柔軟的地方跌倒，怎麼可能摔傷致死？實際上，她的頭部看不出明顯外傷。

——我怎麼可能知道末希怎麼死？為什麼要問我？

——這位外婆，您聽過「SBS」嗎？S、B、S。

對方一個字一個字念得仔細，像在教嬰兒說話，聽起來很不愉快；自己還不到六十歲，一個陌生人稱自己「外婆」也很讓人不悅。

——我不知道。

——全名叫做「嬰兒搖晃症候群」。病如其名，用力搖晃嬰幼兒，會引發嬰幼兒顱內、眼底出血，進而造成重傷或致死。院方懷疑末希小妹妹的死因可能是SBS引起，才主動報警。

——你們懷疑我害死末希？我不可能傷害她。

「詢問」跟「偵訊」差別為何？希和子心想。她一次又一次被警察傳喚，詢問相同問題，對方也提出相同反駁，她甚至以為自己不斷重複同一天。未希走的那一天起，希和子就沒見過瑛里子。一星期後，她收到瑛里子的LINE，說未希的葬禮辦完了。希和子苦思整整一天，只勉強回了一句「好」。女兒並未請自己到場弔祭，但也難免。她想向瑛里子、裕之道歉，都怪自己分神，她想把額頭在地上摩擦幾百次，向他們謝罪。要是自己沒分心，沒勸瑛里子去找裕之，就不會發生悲劇。為什麼不能拿我的命來換？未希惹人疼的照片、影片，就連「枇杷很便宜，我買了一些放在冰箱裡」，這麼簡單的日常對話，一夕之間蒙上陰影，黯淡無光。

另一方面，瑛里子也尚未接受現實，隨波逐流地過活，一天又一天。假如母親站在眼前，她也許會責備母親。自己會放聲大哭，質問她，為什麼沒有盯好未希？情緒的浪濤原本會隨時光流逝平息（儘管不知道會花上幾年），將悲傷和後悔留存心湖底層，靜靜過著沒有未希的生活。但多了警察攪局，她不知道怎麼處理第三方的影響。裕之突然調回原職場，兩人只能默不作聲，在聽不見哭笑的家度過每一天。

未希死後一個月，五、六名警察一早闖進瑛里子的公寓。瑛里子聽見對方告知要搜索住家，不禁失笑，反問：「是要搜什麼？」一般搜索住家，應該是要搜索毒品或殺人案的凶器。這裡不過是尋常住家，到底要找什麼？但警察不理會瑛里子的困惑，接連扣押所有能想到的物品，包括未希用過的棉被或衣服、瑛里子的育兒日記、親子手冊等等。那些都是女兒的遺物，夫妻拚命懇求警察別帶走，他們卻一再重複同一句話：「偵查結束後會還給家屬。」瑛里子按捺不住，終於打電話給希和子。

——媽？剛才有警察到我家裡……

——我家也是。

希和子的聲音聽起來很緊繃。

——他們拿走未希留在我這的換洗衣物、玩具……瑛里子，媽會不會被抓？我沒做壞事，他們卻完全不聽我說。

母親的疑問像要攀住救命稻草，瑛里子只能勉強回答她「不會的」。母親根本不會虐待未希，不論警方怎麼查，都不可能證明未希受虐。

從隔天開始，警方不厭其煩地追問瑛里子和裕之，他們那一週週末，也就是和未希分開的兩天發生過什麼事。她驚覺自己也被懷疑，當下不自覺毛骨悚然。這才想起來，警察不知為何一直向自己確認「聽說妳得過產後憂鬱症？」他們認為是我對未希施暴，母親想袒護我，才和我串供……幸虧裕之外調時住的公寓有管理員，他還記得瑛里子的長相，證明夫妻倆確實不在場。於是，警方的疑心全都集中落到希和子頭上。畢竟只有希和子能為未希的死佐證，她卻說自己沒有看到案發現場。

惡兆終究應驗了。警方以過失殺人嫌疑逮捕希和子，那一天是十月的平日，極為炎熱，彷彿只有那一天倒回了盛夏。傍晚的新聞隨即播出相關消息，標題是「十個月大女嬰死亡，親生外祖母遭逮捕」，配上老家的影片，老家周遭都用馬賽克模糊化。瑛里子覺得那景象真像自己。身邊的一切都變得朦朧、扭曲，不知該往哪裡前進。平時幫助自己的母親，如今已不在身邊。

偵詢室內，警方大半都在重複做筆錄時的問題，語氣卻變得更高壓且激烈。警方主張未希是大哭不止或尿褲子，惹怒希和子，她一時氣憤就朝寶寶頭部施以撞擊——他們顯然是依照這段劇本逼問口供。他們動用各種手段，只用號碼稱呼希和子，讓她睡硬被墊，導致她晚上睡不著覺，時時刻刻監視她。但最令希和子難過的是，他們強調「絕不輕放虐待凶手」，以十分正當的怒火追究希和子。

——寶寶才活了短短十個月，正是最可愛的年紀，卻不幸死亡……我們絕對會幫那孩子討回公道。

警官述說決心，還眼角含淚。希和子坐在桌子另一側，不禁錯愕。自己在這位警官眼裡究竟有多麼殘忍？他把自己跟那些讓孩子受餓、打罵的父母，當成同一種人。希和子的手放在大姊送來的針織褲上，顫抖不已，拚命為自己辯護。

——未希會死，的確要怪我。我不知道該怎麼向未希和女兒夫妻謝罪。

但是，我絕對沒有故意殺死未希。我認罪了，反而更沒臉面對未希。

——還敢搬出孫女的名字推託，妳要不要臉啊！

希和子有生以來，從未被男性面對面怒吼，對她而言，這間殺氣騰騰的密室形同恐怖箱。再怎麼對這些人解釋都沒用，不如直接按照他們的意思做口供？直接上法庭告狀，法官會不會比較願意聽自己說？可是，聽說一旦被起訴，法官九成九會判有罪……

正當希和子內心左右為難，刑警忽然說道：

——妳其實還有另一個女兒，是不是？名叫「真希」。

真希。希和子聞言，彷彿被淋了一身冰水，全身直打寒顫。刑警見到希和子的反應，神情更是迫不及待。

——瑛里子的妹妹，也就是妳的次女，出生六個月就過世。未希和她的月數差不多。死因是急性心臟衰竭，由妳老公開立死亡診斷書。可惜了，次女只剩白骨，無法轉去司法解剖。妳老公也死了，真相都在墳墓裡。

——這話是什麼意思？

——少給我裝傻。已經有兩名月齡相近的嬰兒死在妳附近，妳自己不覺得奇怪？而且瑛里子小姐完全不知道自己還有一個妹妹。妳似乎沒有在家設佛堂祭悼，也從未去掃墓。

妳這母親可真無情。希和子聽對方罵了這句話，終於第一次大喊：「才不是！」

——我就是太傷心了，不敢跟瑛里子提到真希。真希當時明明睡得很甜，我一不注意，她就一動也不動，我發了瘋似地奔進丈夫的診所，丈夫幫真希做了心肺復甦術，她還是醒不過來……

——妳想說，又是只有妳一個人顧孩子的時候，睡著的孩子自己死掉？誰聽了會信？

——可是真的，真的是這樣啊。

——詭異的不只這回事。真希往生後剛過四十九天，妳老公突然死了。死因是酒駕自撞電線杆，車禍致死……可以當作他因為女兒過世自暴自棄，一切純屬巧合。又或者是，他為了幫妻子脫罪，捏造女兒死因，結果受不了良心譴責……很遺憾，死人不會說話。

——太過分了，怎麼能這麼說……

希和子無力地趴倒在桌前。眼前一片昏暗，卻能感受到，刑警從上方拋來得意的目光。隔天，女兒前來會面，她隔著壓克力板，尷尬地問「身體還好嗎？」、「還需要些什麼？」，隨後開口問：

——我一直以為自己是獨生女，原來還有一個妹妹。警察說她叫做「真希」？

——……是啊。

——媽之前說過「我」很好帶。真希不一樣嗎？

瑛里子的話語，勾起掩蓋已久的回憶。真希很像未希，食量小又神經質，老是哭個不停。養育長女得來的經驗與自信毀於一旦，希和子每天都很拚命，甚至像之前的瑛里子一樣，簡直快被逼瘋。過了半年，真希的狀況終於安定下來，沒料到才沒過多久……心靈還在過往飄移不定，瑛里子銳利的目光硬生生將希和子的心拖回現在。

——為什麼不告訴我？太奇怪了，怎麼會絕口不提過世的家人？

——對不起。

——告訴我，為什麼？我沒看過妹妹的照片，甚至從沒聽媽提過妹妹的事。何必瞞我瞞得這麼徹底？

——我不想想起她。

希和子勉強擠出聲音。

——我那時根本還沒振作，妳爸馬上又因為車禍去世，我只能拚了命養育妳長大。我很怕，我怕自己想起那孩子，又難過到動也動不了。

——但也不能……

瑛里子的眼中浮現些許疑心。至少希和子覺得她起了疑心。希和子隔著透明壓克力板，哭訴：「我說的是真的！」

——我沒有傷害未希、真希，我什麼都沒做……瑛里子，求求你，相信媽。

女兒在隔板的另一頭眼眶泛淚，一次又一次重複問道：「為什麼？」

——我根本沒說懷疑妳，為什麼要我「相信」妳？

瑛里子受夠了。她不知道誰誠實，誰說謊。現在只有一件事千真萬確，就是未希已經不在世上，但她難以承受。她的姨媽會固定去老家幫忙打掃、換換氣。所以瑛里子結束會面，決定直接返回老家。

——姨媽也知道我有妹妹？為什麼不告訴我？是媽要妳別說？

她一開口就追問這件事，姨媽哀傷地搖了搖頭。

——真希過世之後，妳媽簡直像個廢人。我去守夜的時候，希和子變了個人似的，什麼都看不見、聽不見，失魂落魄的。我家沒有孩子，但看她沒了孩子之後難過成這樣，我甚至慶幸自己沒生，太可怕了。瑛里記得嗎？妳小時候來我這住過一陣子。

——咦？

——瑛里那時候剛滿兩歲，也難怪妳不記得。希和子當時跟空殼一樣，我不敢讓她繼續養孩子，就把妳帶回家顧。大概過了兩個星期，妳一直哭著要找媽媽，我才帶妳去見希和子。她那時候還躺在床上，望著天花板，雙眼無神，聽到瑛里的聲音也毫無反應。

「可是呀。」姨媽輕壓眼角，哽咽地說：

——瑛里那時走到枕頭邊，笑咪咪地摸著希和子的頭說：「媽媽，好乖、好乖。」希和子的眼神漸漸恢復生氣，哭著抱緊瑛里。希和子要是沒有妳在，大概會絕望而死。之後她慢慢恢復正常，卻完全不提真希，我們擔心她又臥床不起，也不敢再提。瑛里，對不起。妳知道的時候應該嚇了一跳。我不知道警察怎麼跟妳說的，但妳千萬要記住，希和子是打從心底重視妳們姊妹。

瑛里子在老家翻來找去，每一張照片都沒有真希的痕跡。換作自己，恐怕無法徹底抹去未希活過的證明。人究竟要多痛苦，才會連看到一點痕跡都無法承受？她們母女感情融洽，裕之還曾調侃她們是「同卵母女」，瑛里子也始終認為自己最了解母親。但是，兩人都曾陷入相同處境，瑛里子卻難以體會母親當時的心情。她忍不住心想，或許自己根本不懂母親。

她回到家，呆坐在和室。這裡是她和未希最後一次相處的地方。裕之正好返家。他一見到妻子在漆黑的家中發愣，急得喊了聲：「喂！」

——啊，你回來了。我只是發個呆。

——別嚇我啊。

——對不起。

瑛里子正想把姨媽說過的話告訴裕之，裕之卻搶先開了口。

——我爸媽想問妳，要不要來給他們淨化一下？

——嗄？

——就，我昨天提到妳妹妹的事，他們說家族裡有兩個孩子死於非命，可能不太好。

——你想說什麼？

瑛里子漸漸沉下臉。

——阿裕，我們不是約法三章，不接觸你家的宗教？

——我爸媽也很擔心妳。而且這也不算直接接觸，除除晦氣而已。

——憑什麼我得做什麼淨化來安他們的心？你想說我家被詛咒、被鬼怪作祟？

瑛里子冷冷地回絕。裕之也火大起來，面露怒色：「何必這麼冷淡？」

——我爸媽知道瑛里不喜歡宗教，已經很努力不接近妳了。他們甚至只見過未希幾次，次數一隻手就數得出來……孫女去世，他們也很難過，很想幫忙，妳體諒他們一下啊。

——為什麼現在這種狀況，我還得顧慮你爸媽！你覺得我有餘力嗎!?我如果去做淨化，肯定有大批教徒等著要洗腦我，要我信教！

——就說不會！妳夠了沒！

——我才想問你夠了沒！婚前去問候你爸媽的時候，他們明明拿了奇怪的簡介要我看。

——幹麼搬出那麼久以前的事？妳不要老是翻舊帳！

——只有你覺得那只是舊帳！

於是兩人開始放聲大吵。這次爭吵比裕之單獨外調的時候還要激烈。看似在攻擊伴侶，實際上在激勵自己。雙方都需要這樣的儀式。爭吵到一半，裕之說道：

——瑛里老是想到什麼罵什麼，事後再拿生理期快來，情緒不好當藉口。太奸詐了！

腦袋原本還在思考反擊，赫然當機。說起來，她月經沒來。從什麼時候就沒來了？狀況太多，她根本沒注意。瑛里子突然沉默，裕之疑惑地注視她。

——瑛里？

——沒事，我只是剛剛才想到，生理期很久沒來。我覺得應該是壓力卡住。之前忙著婚禮的時候也卡住過。

——我怕妳生了其他病，去醫院看一下吧。

兩人的口角無疾而終，但不知為何，兩人事後都不太尷尬。隔天，瑛里子去婦產科檢查時，醫生告訴她，她懷孕了。

——恭喜您。

夫妻最後一次共度夜晚是什麼時候？不用想都知道，就是她拜訪裕之公寓當晚，未希死亡前一晚。不知名的激流吞噬了她，在她難以喘息、苦苦掙扎之際，體內已經孕育了新生命。「恭喜您」，話語的暖意隨著時間，一點一滴擴散心頭，瑛里子在診間放聲大哭。她還以為自己這輩子再也聽不到祝福。她甚至不敢期望受到祝福的那一天來臨，旁人或許也不允許有這一天。然而落下的淚水很溫熱，心臟也帶著熱度，瑛里子全身洋溢著歡喜。

她告訴裕之，自己懷孕了，裕之也點頭說了句「這樣啊」，哭了出來。

——說起來，我們參加未希的葬禮時完全沒哭。

——是啊，我們都暈頭轉向，一個勁擔心未來，沒能好好送那孩子最後一程。

這一晚，他們終於能靜靜面對失去骨肉的傷痛。兩人述說和未希的回憶，翻看手機內的照片，流淌淚水。瑛里子也藉此機會，重新體認到希和子多麼鞠躬盡瘁。母親是多麼溫柔照顧瑛里子、疼愛未希。淚水無止盡地溢出眼眶。眼底彷彿湧出潔淨泉水，為他們洗去所有汙穢。瑛里子感覺自己即將脫離最糟糕的時刻，同時也暗自下了決心。她還有事非做不可。

瑛里子前往拘留所，告知希和子懷孕的消息。「是嗎……」希和子手足無措地低喃，垂下視線。內心的遲疑搶先情緒一步，她不知道怎麼反應。自己有資格為女兒感到欣喜？

——妳不願意恭喜我嗎？

那語氣平靜如水，她抬起頭，便見到女兒柔和的笑顏。現在的她，和生下未希那時一樣美麗，希和子赫然回過神。而瑛里子經歷一連串意外，終於能正視母親憔悴的模樣。髮際徹底白了；未施脂粉的皮膚泛青，略顯病態；大大小小的皺紋刻印在臉龐各處，彷彿無數傷痕。希和子長相平凡，但總是把自己打理得乾乾淨淨，不外出的日子也會化淡妝，就連出門收宅配包裹，也不會頂著亂糟糟的頭髮見人。旁人聽了或許會覺得詭異，在這一刻，瑛里子的心頭湧出了一絲母性，對象竟是自己的母親。母親和肚裡的孩子一樣，沒有自己保護，可能隨時會死。絕不讓她死。自己將因此變得無比堅強。

——媽沒有錯。

瑛里子肯定地說。

——我絕對會讓妳離開這裡，相信我……妳可以期待再次抱抱剛出生的寶寶。

淚痕緩緩劃過希和子消瘦的臉龐。瑛里子心想，那抹淚水裡的哀傷，就如同自己與丈夫一同流下的淚水。隔著壓克力板，她無法為母親拭淚，便舉起單手，在空中假裝摸頭，安慰母親。

好乖，好乖。

瑛里子會見過母親之後，藉助丈夫的力量，盡其所能收集資料。警察、急診小兒科醫師的主張不一定正確，有些家長、監護人也因為嬰幼兒意外死亡，被貼上「虐兒」標籤。瑛里子得知後，隨即透過社群網站到處聯繫那些家長。他們親切地聽瑛里子訴苦，馬上為她介紹處理過相同案件的資深律師、腦神經外科醫師。有過類似經驗的家長提醒瑛里子，她最好在母親被起訴之前盡全力行動。

——再說，「SBS」本身就疑點重重。

介紹的醫師簡單明瞭地為瑛里子解說。

——一般而言，SBS有「三病徵」，分別是腦硬膜下血腫、眼底出血、腦水腫，一旦發現這些症狀，最好優先懷疑患者患上SBS。而這三種病徵，通常是患者從三公尺左右的高度往下墜落才會發生，因此有第三者基於人為因素造成的可能性極高。但前述標準並非百分之百。儘管受虐結果會使嬰兒出現三病徵，但三病徵的病因不一定來自受虐。嬰兒的頭蓋骨非常脆弱，在榻榻米、遊戲地墊上摔倒，也極有可能造成嬰幼兒急性腦硬膜下血腫。在美國也有報導指出，基於SBS判定虐待的刑事案件中，約有一成案件最後判處不起訴，或推翻有罪判決。

若有人故意傷害兒童，當然不能輕饒，必須確實追究加害者責任，所以需要安全網，以免錯放加害者。但萬一有無辜家長受困、為此苦惱——他們真的只是想說謊脫罪？真的只是毫無責任感的罪犯？育兒過程中，真有家長能問心無愧？哪個家長不曾因為孩子的一個舉動，嚇得臉色發白？又有哪個家長不曾真心慶幸，是孩子「湊巧平安度過」的每一天積少成多，孩子才能平安成長？

「我家兒子小時候就很皮。」資深律師心有戚戚焉地說。

——內人不知道有多少次嚇得滿頭大汗。某方面來說，家庭能媲美「黑盒子」。外人無法得知的細節太多，也很難讓他們理解。

聽說調皮的兒子也平安長大，和父親一樣當上律師。未希原本會成長為什麼樣的大人？瑛里子想到她就一陣心痛，但心痛成為動力，推動瑛里子前進。律師明確教導希和子做口供、筆錄時的注意事項。醫師則是向檢察官提出超過二十頁的意見書，並明確記載：「該兒童患者是因輕微撞擊引發腦硬膜下血腫，無虐待可能。」

瑛里子對自己發誓，她絕不會說「相信」母親。母親沒有做虧心事，這是鐵錚錚的事實。哪怕真的上法庭，她不管花上幾年，都要證明母親無罪。瑛里子曾遭巨浪吞噬，面臨沉溺邊緣，如今她看清海流走向，努力想游上岸，懷裡還揣著兩條生命，母親，以及她尚未見面的孩子。

二十天拘留期滿，檢察官判定「不起訴」。警方比逮捕時更冷漠，毫無解釋，直接拋一句「妳可以走了」，釋放希和子。她帶著私人物品走出拘留所，瑛里子已經在外頭等著。

——瑛里子，媽沒事了？不需要再被人問東問西？可以回家了？母親仍然狀況外，驚魂未定。瑛里子緊擁母親。

——嗯，已經沒事了。

——瑛里，對不起。

希和子的眼淚沾溼了瑛里子的針織外套。

——媽又沒有錯。

——不是。我以前丟了瑛里很珍惜的娃娃。我一直作夢，夢裡誤以為娃娃是真希，抱起來才發現是娃娃，一直夢到，好痛苦……我為什麼會忘記這件事？對不起。

——這種小事，已經無所謂了。

瑛里子終於能為母親擦淚。

——媽，歡迎回來。

之後，嬰兒出生了，是個女孩子，他們為嬰兒取名叫「真實」。真實、真相，真是好名字。打開便當，快樂的野餐時光仍然繼續著。我坐在公園最高的櫸樹枝枒，俯視大家。我是——真希。我沒有肉體，但始終守候在母親、姊姊身邊。我的靈魂沒有容器，還是長大成人了。日本俗話不是說「父母不在身邊，兒童依然成長茁壯」？假如孩子不在身邊，父母又能否成長？只要他們還活著，或許會成長呢。我自始至終都很清楚，我的母親希和子不是壞人。

我現在想聊聊那一天。母親自己封上的記憶下方，其實還有一層底板，我想聊聊封印在底板下的部分。

我那時候睡在被墊上。母親發現外頭下起驟雨，去庭院收衣服。姊姊瑛里子睡在我隔壁，她隨後醒過來，看著我，甜甜地笑了。接著她搖搖晃晃地站起來，就像平時搬心愛娃娃一樣，想要把我搬起來。她應該是想抱起我。她兩手搬起我的頭，但撐不住重量，馬上放開了。砰的一聲，我的頭撞到被墊上。大姊抱起、又放開，重複了幾次，然後雙腳一個不穩，趴倒在我的正上方。柔軟的肚子堵住我的口鼻，我痛苦地揮動短短的手腳，但只過了一下子，就沒有任何感覺了。在我失去感覺不久，母親才回來房裡。

我在天花板角落看見母親甩亂頭髮，尖叫失聲，父親則是拚命制止母親。

——妳沒有錯，瑛里子也沒有錯。是真希生病了。她生了病，心臟才突然停止跳動。事情就是這麼回事。聽好了，誰都沒有錯。我們要忘記這件事。

母親的心暫時假死，透過姊姊安撫才又活過來，她認定父親重複的那句話是事實，重新過起生活。很遺憾，沒人能用善意謊言催眠父親，他無法承受太過沉重的祕密，自殺似地走向死亡。可能也因為父親太想逃避，他並未向我一樣駐留人世，去了遠方。父親去了哪裡？我好想和爸爸聊聊天。母親成了孤身一人，父親的聲音更是深深烙印在她心底。誰都沒有錯，真希是生了病，必須忘記。

接下來，就是另一個「那一天」。晴朗酷暑的尾聲，一樣有衣物晒在外頭，一樣來了場驟雨。嬰兒睡在和室被墊上，甚至是嬰兒身上的毯子顏色，一切的一切，都像極了「那一天」。母親抱著衣物回到屋內，這景象衝擊了她封鎖的記憶。這一天，猶如重播了「那一天」。

真希？是真希？不對，真希不在了。這只是平常的那場惡夢。

母親伸出雙手，抱起眼前的嬰兒。未希仍然熟睡，毫無反應。看，這只是娃娃，一點也不像真希，只是玩具。我知道，所以別哭了。我早就扔掉那個娃娃了。我不需要這東西。母親放了手，娃娃——未希的頭直接摔到被墊上。接著，母親從白日夢中醒來，醒來瞬間，忘卻了一切。

誰都沒有錯。媽媽、爸爸、姊姊，他們都沒有錯，對不對？——那邊的你，你看得見我，對不對？我希望你代替我告訴他們。

絕對不要讓媽媽和真實獨處。千萬別再次喚醒媽媽心中的怪物。求求你，相信我。

快點。

花歌

——二〇二〇年十一月

伊佐利樹律師：

今年已近尾聲，不知您是否安好？日前，我在工作的醫院裡使用這句常用句，年僅二十五歲的護理師學妹笑說：「現在說這句太早了。」她覺得至少要聖誕節以後，才稱得上「尾聲」。但對我而言，十一月本來就是一年的尾聲。說得更確切一點，我有時在九月前後就隱約感覺到年末將近，也許是歲數增長，「尾聲」也隨之提前。假如我再老幾歲，可能一過完新年，就感覺「尾聲將近」。

無論尾聲接近與否，大樹律師出殯那時，一整天十分炎熱，如今卻外套不離手。時間過得真快。大樹律師的七七已過，您是否稍微穩定了？像是繼承律師事務所和其他事務，想必您未來的日子很難鬆懈，還請您保重身體。

我原想帶秋生參加喪禮，又擔心他在眾人面前做出失禮之舉，反而引人側目，所以只有我前去弔祭，藉此機會向您道歉。我在上星期，已經帶他到墓前向大樹律師道別。在我們之前已有別人掃過墓，墓碑擦得亮晶晶的，供花用的菊花還留有水珠，莫名令人欣喜。秋生喜歡櫻花，他一直問說：「沒有放櫻花嗎？」墓園附近種了幾棵櫻花，我就告訴他，等春天到來，風就會把盛開的櫻花花瓣吹到律師面前，給他當供花。秋生聽了，滿意地點點頭。

大樹律師關照我們，已經過了很長一段日子。多虧律師，才會有今天的我，我們夫妻也才能走到現在……還記得去年見面時，我也告訴大樹律師相同的話，他當時表情五味雜陳，問了一句：「這樣真的好嗎？」他像是問我，又像是質問自己。律師真是太善良了，直到離世前都在擔心我們夫妻。我衷心祈求律師安息，也願利樹律師能有些許時間，靜靜思念令先尊。

若有時間，我會和秋生一同拜訪事務所。

向井深雪 敬啟

＊

向井秋生先生：

書信的開頭真是難下筆。寫「什麼什麼時節」、「什麼什麼安好」，總覺得麻煩又嚴肅，但信件總需要起個頭。我現在終於明白，那些話語只是用來下第一筆罷了。

我見了伊佐律師，向他問了你的事。聽說你現在待在半官營半民營的監獄，接受特別教化課程。

你現在又是何種心情？

——二〇一〇年五月

新堂深雪

新堂深雪小姐：

我是向井。我拿到信，ㄒㄧㄚˋ了一跳。伊佐律師來會面的時候，說新堂小姐寄了信給我，要我仔細思考再寫回信，所以我寫了這封信。我從來沒有寫信給別人，不知道該寫什˙ㄇㄜ才好。你問我現在是什˙ㄇㄜ心情，我也不知道。不過我當然知道，自己是做了ㄏㄨㄞˋㄕˋ才進監ㄩˋ。

向井秋生

——二〇一〇年六月

向井秋生先生：

壞事，你寫得可真簡單，你怎麼不寫清楚做了什麼？你害怕面對自己的罪？家兄被你撞飛而死，他一定比你更害怕。說到我為什麼要寫信，是因為我突然非常生氣。氣你不過是在人群中被人不慎撞到肩膀，就莫名其妙害死別人的親人；氣你明明是傷害致死罪，卻被判短短五年有期徒刑；更氣你進了一間制度良好的監獄，聽說那間監獄比較注重更生，你不知為何獲選成為教化對象；而我最氣自己膽小，我不敢上法庭，一次都沒到，不敢直接看你的臉，更不敢聽你的聲音。

五年對你來說算長嗎？你今年二十三歲，出獄的時候二十八歲。家兄去世時是三十五歲。他身體健康，沒有嚴重隱疾，算算人類平均年齡，他至少還能再活五十年。你奪走家兄五十年的壽命，只花五年就能贖罪，真划算。少了整整四十五年。而且你這五年只須做些簡單工作，上上「特別教化課程」，政府就會出稅金供你衣食居住。怎麼想都太沒道理。伊佐律師給我看過那間監獄的資料，又新又漂亮，每個囚犯都有單人房，跟我看電影、漫畫想像的「牢房」相差甚遠。你可真好命。

你到底有什麼特別，讓他們選上你？是因為年紀輕輕又有悔意？比較有可能改過自新？還是善待你，就能讓家兄死而復生？

聽說獄方會檢查所有信件，寫了這種內容，或許寄不到你手上，但無所謂。我就想寫。

新堂深雪

新堂深雪小姐：

對不起，我是覺得新堂小姐看了會覺得ㄋㄢˊ過，才沒有寫清楚。伊佐律師說你精神上受了打ㄐㄧˊ，沒法出席法庭，我覺得你來看也不會比較好。我被判「傷害致死罪」→我不記得漢字怎麼寫，是從新堂小姐的信裡抄來的，如果我還是寫錯，只能說對不起。

我也不知道，監ㄩˋ為什˙ㄇㄜ會挑上我去上教化課程。我是照伊佐先生說的，做了一些心理測ㄧㄢˋ，還有一些普通考試，又去面試，沒多久就把我從東京的監ㄩˋ移到這裡。

我剛進監ㄩˋ的時候很怕，說實話，我也想去比較ㄙㄨㄥ一點的地方。還有，伊佐律師告訴我，有很多人出ㄩˋ之後，還是忍不住犯罪，我討厭念書，但我如果可以跟他們不一樣，我想試試看。這裡是五點吃晚餐，晚上不早點睡，會餓得受不了。肚子餓的時候，就覺得早上好久。可是在工ㄔㄤˇ工作有時候又覺得時間過很快。所以五年可能很長也很短。

雖然監ㄩˋ的人會檢查信，但我沒有寫什˙ㄇㄜ奇怪的事，應該沒問題。假如我把壞事的內容寫得太清楚，可能會過不了，所以我不寫。新堂小姐寫自己想寫的就好。

向井秋生

——二〇一〇年七月

向井秋生先生：

家兄再也不能飢餓、吃飯、睡覺。都是你害他再也不能做這些事，竟然還悠哉地寫出來，你真的有在反省？

新堂深雪

新堂深雪小姐：

我知道自己光是活著，就會惹新堂小姐生氣ㄋㄢˊ過。可是我沒勇氣自己去死。要怎抹做，才算是反省？↓對不起，我這樣寫可能又會惹你生氣。

如果我可以回到那時候，一定不會推倒你哥哥，但那是因為我不想被抓。你哥哥那時候往後倒，手腳一直抖，嘴巴還吐白泡泡，看起來很可怕。我不想再看到他那個ㄧㄤˋ子。可是，這應該不算反省。

我也很怕看新堂小姐的信。看到你用很好看又ㄓㄥˇㄑㄧˊ的字罵我，我的手ㄓㄤˇ會流滿滿的汗。明明紙上的字不會打我剔我，我卻只敢一點一點看，中間還要一直深呼吸。

向井秋生

——二〇一〇年八月

向井秋生先生：

那你為什麼要讀信？你可以無視我的信，為什麼還要寫回信……我也會這麼質疑自己。你的字很亂，信上到處都是錯字，還會把「怎麼」寫成「怎抹」，文字力也太爛了，一字一句都會戳到我的逆鱗，我仍然看完信，像現在一樣寫下回信。你只需要達成每天的固定行程，我跟你不一樣，我很忙。而且讀完你的信只會更空虛，憑什麼家兄必須死在這種爛人手上？

我又沒說希望你死，雖然我也不希望你活著。你千萬別打算自殺，別人會認為是我逼死你，我才不要背這個責任。你死了，家兄又回不來，你真以為自殺可以贖罪，那才是汙辱我。

新堂深雪

——二〇一〇年九月

新堂深雪小姐：

很抱歉，這麼晚才回信。原來「怎抹」要寫成「怎麼」才對，我都不知道。對不起，我的信上很多錯字。我寫信告訴伊佐律師，說我想買字典，請他推薦我也看得懂的字典。他就送了我一本，說是他兒子上小學時用的字典。總共有兩本，和漢字典和國語字典。我原本打算用工作存的錢來買，但聽說字典很貴，我大概要花好幾年才買得起。我之後應該不太會寫錯字了。字太亂的話，我會多練習。我寫這封信之前，也練習看字典、寫漢字，但好像還不太行。如果可以用鉛筆寫，寫錯擦掉重寫就好，可是監獄裡只能用原子筆，所以我先寫在筆記本，再抄到信紙。可是我還是會寫錯字，只能把寫錯的地方塗掉。新堂小姐都不會寫錯字？妳寫錯字的話會不會全部重寫？這過程真的好辛苦。一般人都能很普通的寫字？假如我以前有好好上學、上課，我是不是也能寫好？我慢慢發現，是因為我不像一般人普通地努力做事，現在才會關在監獄。我一邊看字典一邊寫信，花了很久很久的時間，才寫了這麼多。可是信上寫了好多漢字，信紙看起來黑黑的，很帥。

問我為什麼要讀新堂小姐的信，大概是因為妳會寫給我一些話，我覺得很棒。讀信很可怕，但我看到信寄來，還是忍不住打開來看。我活到現在，從來沒收過信，也沒寫過信，甚至不知道寫信很辛苦，讀信更讓人難過。信封跟信紙裡都寫著「向井秋生先生」，看到自己名字後面多了「先生」，自己好像突然變成正經人。

我當然知道自己一點也不正經。我一邊寫，一邊害怕自己戰到新堂小姐的逆鱗。信上看不出表情，好難寫。

信紙上如果塞滿新堂小姐的字，看起來很可怕。但如果只寫一點點字，我安心，又覺得好可惜。就像白天天空飄著白白的雲，同時又下大雨，可是看起來很亮。我頭腦不好，不太會說明。把心裡想的事情寫出來，真困難。

我有生以來地一次寫了這麼多字。總共花了四個小時。我會小心不讓自己死掉。

向井秋生

向井秋生先生：

你有兩個地方寫錯字，是不是寫信寫到後半就懶得查字典……我本來想寫「我寫再多信，家兄都收不到」，但再怎麼發洩情緒都發洩不完，之後想到的第一句，就是前面那句話。也許我不想再責備你了。我從來沒對人生過氣，也不擅長跟人爭吵。不要誤會，我並不是想原諒你，而是我跟你一樣，無論我做什麼，家兄都無法死而復生。我就算對你的文章挑三揀四，也改變不了什麼。那我到底該寫什麼？與其這麼煩惱，還不如放下筆，早早上床睡覺。（現在是凌晨三點。）

我也很害怕讀你的信。我以前寫過原因，是因為我從未實際認識「向井秋生」。報紙的報導很小篇，沒有附你的照片。法庭開審之後，我看過法庭素描，然而素描畫風太特殊，我不清楚和你有多相似。

家兄逝世之後整整半年，我宛如行屍走肉。工作暫時請長假，窩在家，幾乎足不出戶。我沒有親人、沒有好友、沒有情人，想躲起來輕而易舉。但是有一天，房間的電燈一口氣壞了好幾個，我無可奈何走出家門，就見到櫻花盛開。當時天剛亮，公園裡空無一人，我感覺那些櫻花是為了讓我欣賞，一瞬間開滿枝頭。這些櫻花想推動我的時間。實際上當然不是這麼回事，純粹是我沒察覺季節轉換。我記得自己當時哭了，同時更急著想做點什麼。我去見了伊佐律師，他溫和地建議我：「要不要寫封信給向井先生？」他還說：「他害死了令兄，但妳別把他當作陌生怪物，試著將他視為一個人，向他宣洩妳的憤怒、哀傷。」我說：「假如我寫了卻更難過，或許會遷怒律師。」但律師點了點頭，說「無所謂」。我不知道我做不做得到，總之決定先聽從伊佐律師的建議。

你之前寫過，餓肚子的時候覺得晚上很久，我也曾感覺夜晚很漫長。身體疲憊不堪，卻無法安歇，彷彿摔進深淵。我本來就沒有像樣的嗜好，什麼都不想做，只能靜靜坐在床鋪角落，等待早晨來臨。那時間之久，我有時誤以為自己老了十歲。但是，像現在寫起信，黎明的陽光就變近了。寫信說是在打發時間也算是，不是因為有趣或覺得舒暢，純粹是我需要寫。你一提我才想到，我也是第一次跟人通信通這麼久。以前頂多在父親節、母親節寫寫卡片送人而已。

信太長了，先寫到這裡。

新堂深雪

新堂深雪小姐：

我知道錯在哪了。不是「戰逆璘」，是「戳逆鱗」，不是「地一次」，是「第一次」，對不對？我也知道，字典要用「查」的。

新堂小姐想看我的長相，我願意拍照送給妳，但是在監獄應該沒辦法拍照。我沒被別人說過很帥或很醜。如果妳不是這個意思，我先跟妳說對不起。

伊佐律師人很好。我沒有錢，又很笨，老覺得會惹他生氣，但他總是很溫柔。教化課程的老師也像他一樣溫柔。我每週都要上三次課，一次兩個小時。監獄裡別人都是用號碼叫我，但上課的時候，老師會稱呼我「向井先生」，也會對我用敬語。老師都穿著很整齊的襯衫，看起來很聰明，但他應該是真的聰明。我以前從來沒遇過像他們一樣的人。世上是不是有很多人聰明又親切，只是我都沒發現？我身邊只有兩種人，會揍人跟被人揍。

新堂小姐是在半夜看信？監獄裡的關燈時間很固定，所以一到九點，我就會鑽進被子待著。我以前都是喝酒亂逛到天亮，然後在白天睡覺。突然想到，我被抓以後，很久沒有喝酒抽菸了。現在我沒有特別想喝酒抽菸，搞不好我其實不喜歡那些東西。肚子餓到睡不著的晚上，會覺得肚子整個凹進身體，也會很在意平時不在意的事，像是心臟的聲音、呼吸聲之類。這種時候不知道為什麼，我很想大叫。真的大叫，說不定監獄管理員會跑來臭罵我一頓。不能大叫，我會手握拳，咬拇指指根附近。我小時候就有這種習慣，同一個地方咬過頭，現在長了一個大繭。我咬錯地方了，繭要是長在別的地方，應該會像練過空手道，看起來很強。可是只有咬拇指指根才會讓我冷靜。

我已經不知道我該寫什麼了。希望新堂小姐能睡好覺。

向井秋生

——二〇一〇年十月

向井秋生先生：

家兄很討厭菸酒，所以我沒喝過酒，也沒抽過菸。話說回來，書、報紙不會用「查」的呢。聽說以前字典又叫做「辭庫」，不知道有沒有關聯？

揍人跟被揍，你覺得哪一邊比較好過？

還有如果你方便的話，請告訴我教化課程的內容。

新堂深雪

新堂深雪小姐：

辭庫，我又學到新字詞了。字面像是一打開倉庫，會看到裡頭塞滿文字，真有趣。

揍人，還是被揍？好難選。被痛扁的時候又痛又可怕，可是又覺得不想放過這傢伙，絕對要宰了他。不強勢一點，被扁的人就會一直被痛扁，很悲慘。會被當成會說話的沙包。扁人的時候，又害怕輪到別人想「宰」了自己。萬一他趁我喝醉、站著尿尿的時候，從後面殺過來，我一定贏不了。我覺得兩邊都很不好過。我不高大，又沒有練格鬥技，總是怕得發抖。

教化課程只是很普通的聊天。我聽到更生跟角正（ㄐㄠˋ ㄓㄥˋ）有好多漢字，這樣寫對嗎？），還以為上課的時候要戴頭盔，頭盔會放電把人電得很痛，痛完之後就會變正常，我嚇得半死。但課程完全沒有這類東西。老師把四十多個受刑人分成幾個團體，大家坐成一圈，老師在第一天上課的時候，要我們看仔細同學的臉。說是我們平常不能聊天，但在這裡就是同學，要互相溝通，一起學習。可是我不想記，我不想看男人的臉，也不想被看，只好把頭轉來轉去。然後他要我們自我介紹，說出自己的名字、年齡、犯了什麼罪才進監獄。受刑人其實不能聊天，但應該有人偷偷聊。大家說的都是竊盜、詐欺、恐嚇。當我說出「我是傷害致死罪」，氣氛突然變了一點。那個，我絕對不是在自豪。只是覺得大家都是做了壞事才進監獄，但看到傷害人、害死人的罪犯，大家還是會害怕。

然後，老師要我們告訴同學，自己是在什麼狀況下犯罪。所有人都很尷尬。有人一直抖腳、有人摳手、我則是用力咬了拇指。有人很不會說話，聽太久會累。別人的內容都很讓人難過。可是老師聽了那麼多莫名其妙的內容，都不會生氣。他會邊點頭邊聽，真的覺得他很厲害。一開始大概是這樣。我是邊回想邊寫，如果妳覺得沒問題，我會再寫給妳看。

向井秋生

——二〇一〇年十一月

向井秋生先生：

是我先問的沒錯，但你竟敢在給我的信裡寫什麼殺啊扁的，好殘忍。我真的覺得你神經有問題。我討厭你，我看不起你這種人。

新堂深雪

新堂深雪小姐：

對不起，讓妳不舒服。新堂小姐主動問我事情，我太開心，不小心得意忘形。我也很討厭自己。真是非常抱歉。

向井秋生

——二〇一一年二月

向井秋生先生：

我是在十一月收到上一封信，現在已經二月了。一轉眼就跨了一年。我思考了很多事，一直沒能寫回信。首先我要先坦白一件事，我的上一封信是在遷怒。雖然我現在很氣你，但那時是因為別的事情很焦躁，又在那個當下讀了你的信，一時控制不住脾氣。我有資格對你生氣，但把這種亂七八糟的怒氣發洩在你身上，就如同把你當沙包，很卑鄙，我必須自我反省……而且我也需要一些時間，坦率接受前述的想法。

對不起，我寫了很過分的話。

新堂深雪

新堂深雪小姐：

收到回信的時候，我嚇了一跳。我還以為妳不想再跟我說話，不寫信了，所以我比之前更害怕看這封信。不過讀了之後就放心了，但我又嚇一跳，看到新堂小姐跟我道歉，我不知道該怎麼辦。妳不用道歉，我才要跟妳說對不起。新堂小姐的個性好正經。

向井秋生

——二〇一一年三月

向井秋生先生：

我經常被人說「正經」，但我每次聽到都不覺得高興。我又沒有特別努力讓自己變正經，是不知不覺就變成這種個性。

我好像沒解釋遷怒你的原因。我的職業是護理師，醫院的護理長問我願不願意接受採訪。護理長的老公是新聞記者，想要寫一篇犯罪受害者家屬的相關特輯報導，所以來詢問我的意願。說實話，我不想接受採訪。我光是想像他們在家裡聊我的遭遇或案件內容，就覺得很討厭。可是護理長很照顧我，請長假又給她添麻煩，說白一點，對方的年紀、職位都比我高，我不能拒絕。我不太會表達想法，又有壞習慣。如果自己忍耐就能收場，我就習慣把所有事吞進肚子。

採訪兩三下就結束了。對方畢竟是專業記者，我說不出話或是皺起臉，對方馬上就會顧慮我的狀況，改變問題，我才稍微放心。我沒有告訴對方，我和你會私下通信。對方問我：「怎麼看待加害者？」我只回答：「現在還沒整理好心情。」

後來過了一陣子，護理長主動給我看了報紙。她嘴裡說：「雖然自己稱讚自家人很害臊，可是這篇報導很棒。」態度倒是一點都不害臊。我看不出這篇報導哪裡「好」。我的名字變成淺川佳代（假名）。到底是誰幫我取這種假名？跟我的本名一點也不像。大概是掛了陌生名字的緣故，報導讀起來像別人的經歷。「父母雙亡，兄妹相依為命」、「年齡差距很大的兄長暫代親職」、「聽從兄長建議走上護理師之路，現於NICU奮鬥中」、「案件發生後曾因打擊過大，封閉心靈好一陣子」，文章每一句所言不假，用詞也不誇大，卻感覺經過修飾。一想到有讀者看完報導，會對我釋出善意，同情我、鼓勵我，我就莫名羞愧。但我仍向護理長道謝，收下犯罪受害者遺族團體（？）的簡介。這一連串狀況讓我滿肚子怨氣，才會遷怒你。至於為什麼是你遭殃？因為我沒有別的對象可以宣洩。

我想看你說更多教化課程的內容。「ㄐㄧㄠˇ ㄓㄥˋ」應該寫成「矯正」。

新堂深雪

新堂深雪小姐：

矯正，這詞好難寫。我練習了好幾次，還是差點寫成「橋」。NICU寫成國字，是「新生兒加護病房」對不對？我原本以為英文字只有英語字典查得到，沒想到國語字典裡也有，鬆了口氣。照顧嬰兒感覺很辛苦。

我讀到報紙的事，還是覺得很對不起新堂小姐，都怪我，妳才會遇到不開心的事。可是我覺得正經是好事，比不正經好太多了。

教化課程也要上普通的課，像是憤怒管理，學習怎麼在生氣時穩定心情，還學到很多原本是英文的名詞，像「心理創傷」或「心理治療」之類的。我有時候也會上課上到想睡覺。圍成一圈說話的時候不想睡，但是很緊張。輪到自己的時候緊張，聽別人說話也感覺到對方緊張，害我一直煩到咬拇指。最近繭好像變大顆了。之前的信上我寫了「老師」，其實應該叫做「輔導員」。他們說自己是志工，工作不領錢的。我不太相信。大家按照順序，說自己小時候的事。大部分故事聽起來都很像，被父母打、家裡很窮、晚上不能進家門。有人家裡用五分鐘為單位，訂好才藝課和補習，連去廁所都需要父母允許。他還說「所以某方面來說，監獄生活倒讓我有點懷念」，大家聽了都笑出來。

輪到某一個人說話的時候，同學會問問題。像「被父母打、被菸頭燙是什麼感覺？」、「你覺得為什麼他們要這麼對你？」、「現在怎麼看待家人和周遭的人？」問人、被問都很難過。表達自己的想法太困難了，還會很苦惱。為什麼自己非得在大家面前，說出不想回想的過去？頭被通電可能還比較輕鬆。也有人哭出來。一個大男人對大家說個幾句就流眼淚，輔導員卻沒有笑，也不會生氣地叫對方「不准哭」。這讓我覺得很不可思議。

我還可以繼續寫，但先寫到這裡就好。希望新堂小姐不要再遇到不好的事。

向井秋生

——二〇一一年四月

向井秋生先生：

我上次應該直接解釋「NICU」的意思。照顧小嬰兒，讓我常常起了矛盾的念頭，一下覺得「世上沒有神」，一下又覺得「世上一定有神存在」。我能肯定地說，每個寶寶都很神聖，絕對值得肯定他們的一切。來到NICU的孩子，未來大多會活得很辛苦，可是他們都很惹人疼，沒有例外。也許我們還是小寶寶的時候，本來就擁有一切，只是在成長過程中一點一滴丟失了。

你好像在教化課程裡跟很多人對話，你感覺自己有什麼變化？像是反省自己、下定決心不再做錯事。還是說，你覺得自己沒辦法選擇環境，變壞也是無可奈何？

我不是在質問你。是因為上一封信我提到「犯罪受害者遺族團體」，我去參加他們的聚會之後，才想問你這些問題。我還是老樣子，不敢拒絕別人，護理長常常問我有沒有聯絡對方、感覺怎麼樣，好像我非去不可……護理長是好意，她擔心我才提的，我不敢告訴她我不想去。

聚會辦在市民活動中心的會議室，像是一場小茶會。我初來乍到，只管單地自我介紹，並告知家兄已逝，之後就靜靜聽著成員聊天，有人問話，我也只做最低限度的回答。這次來不是接受採訪，我本來稍有期待，換作是相同立場的人，自己也許能更放心交談。結果，卻帶回了不悅。

我是成人，又有一份安定的工作，不需要扶養家人，家兄的死實際上沒有造成任何不便。家兄走了，我的日常生活依然正常運轉，家境又不窮困。沒有人直接明說，但兄弟姊妹的死，似乎不比失去父母或孩子來得悲傷。也許是我個性惡劣。但在那場茶會上，遺族的痛有分等級。就如受刑人的罪會分輕重，人的傷痛也分高低。就算同為孩子，年紀越小越可憐，獨生子比有兄弟姊妹的人更高級。「我的孩子還沒背過新書包，就這麼走了」，「我孩子成績優秀，比任何人都熱中於社團」，這些故事像在強調「自己比別人更有權利哀傷」。我應該不會再參加了。我沒這麼精明，無法一邊和別人比較悲傷深淺，一邊療癒彼此。

我好奇怪，竟然擔心寫這種內容會不會嚇跑你。你討厭我又如何？外頭有鳥兒啼叫，早上了。監獄的早晨能聽到什麼聲音？

新堂深雪

新堂深雪小姐：

我不會討厭妳。新堂小姐總是會思考一些我不會思考的事。我的後腦杓有條疤，是我父親留下的（他把我推去撞桌角，傷口有縫過），我也碰過有人故意露出肚子上的傷，說是菜刀砍傷的。我當時覺得很奇怪，怎麼有人特地跟別人強調這種事，他可能也在比較。

我查了字典，「反省」的解釋寫著「思考自己至今的言行舉止正確與否。」「與否」念成「ㄩˇ ㄈㄡˇ」。我做了壞事，也覺得不能再犯。可是問我「有沒有在反省」，我不確定。不會有人告訴我，我可不可以說「我有」。我國二左右就沒去學校，做壞事活到現在。偷錢包、偷腳踏車，睡在不同女人的家。我不覺得這是壞事。我也不知道為什麼商店桌上放了錢包、腳踏車沒拔鑰匙，我卻不能偷？以前有同伴邀我去撬開金庫偷錢，我中途逃走了。但我不是覺得撬金庫是壞事，而是因為跟黑道扯上關係很麻煩。我不小心殺死新堂小姐的哥哥之前，只是運氣好沒被逮捕。不過這種事不能說自己運氣好。

我現在的想法不算正常，但我知道不能偷東西、不能對人施暴。我不知道這樣算不算「反省」，也不知道這樣「反省」夠不夠。對不起，是我腦袋不好，還是我不夠努力？可能兩種都有。

早上會統一廣播，「各位早安，現在是起床時間」，廣播聲音聽起來像ATM，我不太喜歡。但我喜歡早餐時間的音樂。上到下細細長長的推車裝滿餐盤，推進房間時，總會響起好聽的音樂。不是人唱的歌，聽起來鏗鏗鏘鏘，像夢裡才有的音樂。除了開心可以吃飯，聽到那音樂也會心情很好。我想一直聽下去，但很可惜，馬上就沒了。

向井秋生

——二〇一一年五月

向井秋生先生：

自從開始寫信給你，已經整整一年了，時間過得真快。雖然中間有空檔，每個月來回一封，你寄來的信加上前一封，正好十封。收集成厚厚一疊，假如有這麼厚一疊錢，倒是很讓人愉快。我算過，當我收到滿五十封信，你正好出獄。但未來誰也說不準。

像夢裡的音樂，我好好奇。我不聽音樂，很難想像曲調。真想聽一次看看。

新堂深雪

新堂深雪小姐：

我數了新堂小姐寄來的信，總共十一封。不過是新堂小姐先寄信過來，當然會多一封。

音樂的曲調是，鏘洽啦啷啷鏘洽啦啦啦啦鏘洽啦啦啦啦洽啦啦啦啦。這樣看得懂嗎？

向井秋生

——二〇一一年六月

向井秋生先生：

什麼看得懂，完全看不懂啦！害我在半夜大笑。檢查信件的監獄管理員看到一定也笑了。我好久沒笑了，還是被你的信逗笑，這該如何是好？這樣是不是很不應該？說給別人聽，他們一定覺得很詭異。

我害怕打擾鄰居，立刻閉上嘴，家裡就變得好安靜。我自己的聲音，反而讓這陣寧靜顯得特別煩人，彷彿有無聲的聲音在房間迴盪。說不定我繼續大笑，也不會帶給別人麻煩。我在失去家兄的房間裡哭也好，笑也好，也許都不會有人發現。我突然寂寞得想哭，卻流不出眼淚。家兄討厭電視機，所以我家沒有電視。

雙親去世的時候，家兄二十歲，我才十歲。我父母當時去參加父親好友的婚宴，開車出遠門，回程在高速公路被捲進連環車禍。我當時已經睡了，家兄正在客廳看電視，忽然接到警察的電話。他一耳聽著噩耗，另一耳卻是綜藝節目的連連笑聲。這記憶太令他難過，所以他發誓一輩子不再看電視。家兄搖醒我之後，我只在睡衣外頭披上針織外套，就搭計程車去醫院。我一路上，看著交通號誌的紅光滑過家兄的陰沉側臉。我隱約察覺發生大事，卻故意什麼都不問。我可能以為只要不說出口，這段時間就只是一場夢，到了早上清醒，就會發現什麼事都沒有。到了醫院，家兄跟很多人說話，我坐在長椅上，赤裸的雙腳晃來晃去，一邊喝警察幫我買的紙杯裝熱可可。熱可可很淡又很燙，我還燙到舌頭。我怎麼都記得一些無聊小事？

父母死後，我就和家兄相依為命。家裡沒電視，沒有其他家人、朋友、情人，但我不覺得困擾，也不孤單。現在家兄不在了，我想買電視的話，馬上就可以買。但比起被你的信逗笑，買電視似乎更像徹底背叛家兄，還是說其實無所謂？我的問題和你的「反省」一樣，沒有人能回答我。

新堂深雪

新堂深雪小姐：

伊佐律師來會面了。雖然有點害羞，但我哼了那首曲子給他聽。他馬上就知道是什麼曲子。聽說曲名叫做〈巴洛克農村舞會〉（Baroque Hoedown），某一間有名主題樂園會在遊行的時候播這首曲子。妳知不知道這首曲子？

律師問我還有沒有跟妳通信，我答「有」，他說這樣很好。我問他「這樣很好嗎？」，他點了點頭，說這是好事。只要伊佐律師說正確，就是正確的，我放心了。我如果問他自己算不算在反省，感覺他會告訴我。可是，這種事不應該問別人，要自己思考。

謝謝妳告訴我妳和哥哥的事。我喜歡看電視，但是一有得看就會看太久，不太好。我覺得就像玩手機很容易停不下來，看電視其實沒特別有趣，卻讓人懶得動。妳不買電視，要不要哼歌哼到睡著？這樣房間就不會太安靜了。

向井秋生

向井秋生先生：

原來是那首……我知道曲子之後，重讀了你上一封信，突然明白那堆狀聲詞的意義，又笑出來。應該滿少人知道曲名，但大部分人成長過程中，都會在某處聽過這首曲子，你竟然至今都沒聽過，這比較令我吃驚。家父家母還在世時，我們曾去欣賞花車遊行。電子花車每一處裝滿燦爛燈飾，緩緩前進，卡通角色笑容滿面，朝四面八方揮手，同時播放那首曲子。那是一場虛假的美夢。

——二〇一一年七月

我嘗試挑戰哼歌哼到睡著，出乎意料累人，我哼不了太久。可是哼過〈巴洛克農村舞會〉之後，閃閃發亮的音符碎片彷彿在夜晚飄搖，我不哼歌也隱約聽得見音樂，感覺很不賴。

新堂深雪

新堂深雪小姐：

哼歌感覺不錯的話就好。我從來沒去過遊樂園，也沒有看過花車遊行。但我記得，大概是小學三年級還是四年級，我朋友去看過。那時候去他家玩，所有人一起拼他在紀念品店買的卡通拼圖。那一天好像是假日，他爸爸也在，他們圍在散開的拼圖旁邊，拼得很開心。他媽媽問我：「秋生要不要一起拼拼圖？」我當時回答比較想打電動，她就讓我玩PS。

回家的時候我偷看了一眼，他們只拼完一半，我就隨手拿走掉在附近的一塊拼圖碎片。這是我第一次偷東西。我已經忘記拼圖上是什麼圖，可能是花車遊行的一部分。為什麼我要幹走那塊拼圖？因為我很羨慕他。他們一家人去遊樂園玩，還能開心地一起拼拼圖，我好嫉妒他。我總是穿同一件衣服，也沒辦法好好洗澡，他家人從沒露出討厭的表情，總是很普通地拿拖鞋給我，請我吃點心。我應該感謝，卻恨起了他們。我握緊那塊拼圖，丟在家門前的路旁。隔天去學校的時候，朋友說怎麼都找不到最後一塊碎片，就沒辦法把拼圖擺出來裝飾。我聽了好開心，同時也覺得那種玩具好無聊，才少了一小塊就不能玩了。

我在上教化課程的時候說了這段故事。有人問我「你朋友是不是在懷疑你？」，我嚇了一跳，我從來沒想過這個可能性。朋友那時是懷疑我偷了拼圖，才故意告訴我這件事？也可能是他爸媽懷疑我。事情明明超過十年以前，我一想到他懷疑我，頭和身體就不自覺發燙，覺得很丟臉，想消失在世界上。我已經不記得那個朋友的長相，但我又恨起了他。都怪他炫耀拼圖，我現在才會這麼丟臉。有人問我：「現在那個人站在你眼前的話，你會不會道歉？」我答不出來。我感覺自己根本沒辦法變正常。進監獄一年，我到底學會了什麼？我對自己好失望。

向井秋生

——二〇一一年八月

向井秋生先生：

對不起，我不該寫那首曲子的事。我猜到你可能沒去過遊樂園，還寫「我很訝異你沒聽過」，的確有調侃你的意思。讀了你的信，才發現這調侃很殘忍。

我想寫家兄的事。至今我從未對任何人坦白這件事。

雙親過世後，家兄成為我唯一的親人。家兄的親人也只剩我一個人。家兄一邊念大學，一邊照顧我。為了照顧我，他可能和朋友、社團、當時的女朋友全都斷絕來往。工作找離家近的公司，他不在乎工作內容、薪水，只求能準時回家。多虧雙親的保險金，我們過得還算富裕。

我中學一年級的時候，班上的好友約我送情人節巧克力。她想送巧克力給喜歡的學長，但是一個人不敢送，要我陪她一起送，我只要隨便送一個學長就好。我其實比較想自己吃巧克力，送人太麻煩了，但我拒絕不了，就回家拜託家兄給我錢買巧克力。我高中畢業之前沒有每月固定的零用錢，需要什麼就拜託家兄給我錢買。家兄聽了瞇起眼，答了句「妳沒必要做這種事」，就再也不聽我說了。我一邊泡澡，一邊煩惱明天該怎麼跟朋友解釋，忽然聽見家兄的說話聲。隔天，學校開朝會的時候，老師突然告誡大家，請勿相約送巧克力、不要帶跟課業無關的東西到學校。我猜是哥哥昨晚打電話到學校。回到家，家兄什麼也沒說，一如往常，穩重又溫柔。朋友不再跟我說話了。

家兄討厭我做的事很多。抽菸喝酒、看電視、裙子改到膝蓋以上、染褐髮、留長指甲、美甲、化妝，還有我晚上超過六點不回家。我偶爾會覺得很拘束，但一想到家兄那一晚計程車上的側臉，我就沒辦法反抗。而且我前面也寫過，家兄總是對我很溫柔，以我為優先，我沒什麼不滿。我聽從家兄建議進了護校，當上護理師。家兄的理由是：「護理師工作不需要化妝、美甲，萬一我不小心生病受傷，也可以放心讓妳照顧。」我聽了這理由，內心也毫無疑問。

我寫到這裡，心臟跳個不停，手汗快要抹糊文字。我到底想說什麼？為什麼向你坦白這些事？我對於和家兄安穩的兩人生活，應該毫無怨言。若不是發生你這起事件，我們應該會靜靜地過下去。如今兄妹生活已中斷，我想像著後續，卻幾乎要窒息。如果沒有和你通信，或許不會像這樣喘不過氣。

我讀了你的信，還起了其他想法，但信紙快寫滿了，我下次再寫。我會哼哼歌，讓自己平靜之後睡覺。晚安。

新堂深雪

新堂深雪小姐：

請妳別道歉。我沒資格替新堂小姐的哥哥說話，可是，我想妳哥哥應該很喜歡妳，所以很害怕妳離開他。如果妳不想再看到我的信，我不會再寄了。妳也不要勉強自己寫信。希望妳能睡個好覺。

向井秋生

——二〇一一年九月

向井秋生先生：

謝謝你之前的信，我現在很平靜。我說不清楚，但我上次寫的意思，並非想責怪你。我繼續寫上次沒寫完的想法（雖然沒什麼大不了的）。

你之前寫過「那拼圖少了一個小碎片就壞掉，很無聊」。但我認為世上萬物都是如此。儘管能用別的東西彌補空缺，卻不會恢復原狀。剪一塊厚紙板填進拼圖的空白處，塗上色，也稱不上「完整」。而且，單塊拼圖碎片乍看沒有意義，把每個凸起、凹陷拼湊起來，就會漸漸形成一張大圖畫。覺得無聊就捨棄，那手中就什麼都不剩了。手中的一切都很重要，一旦失去，就再也回不來。一想到失去，我就覺得很可怕。不過，你和其他受刑人可能要重新體會這份「恐懼」。我認為你認知了恐懼，才能開始理解追求已久的「反省」。

黎明漸漸晚了。夏天不知不覺結束了。我也很喜歡哥哥。

新堂深雪

新堂深雪小姐：

我重讀了好幾次信。是我偷走新堂小姐的拼圖碎片，還隨處丟棄。我做過的事真的很過分、很惡毒。

今天的課程做了角色扮演。兩人一組，一個人扮演受害者，質問加害者各種問題。我們上課的時候比較常互相問問題。輔導員說「對話很重要」。當然兩邊都是受刑人。演受害者的時候，會問「你為什麼要來我家偷東西？」、「為什麼不去認真工作？」。聽起來比較像吐槽加害者。寫起來像在搞笑，但大家都很認真。有人會一直流冷汗，有人會用力抓褲子，都快抓破了。我也咬拇指咬過頭，拇指有點內出血。問人、被問都很難過。但是我們做了那些過分的事，被影響的人肯定比我們更痛苦。演新堂小姐的人這樣問我：

「那是我唯一的哥哥，憑什麼非得死在你手上？」

「你不是故意殺人，就可以用『沒殺意』當藉口逃避？」

「為什麼只是撞了一下肩膀，就火大到害死別人？」

我很想逃跑。換作是去年之前，我一定只覺得對方很煩。現在沒辦法這麼想，好難過。面前的人是一個禿頭大叔，我卻像是被沒見過面的新堂小姐逼問，信裡的「恐懼」兩個字一直出現在腦袋，流了滿臉的眼淚跟鼻水。我就不寫自己怎麼回答了。禿頭大叔不是新堂小姐，我當時的話一定也不是對真正的新堂小姐說的。

向井秋生

——二〇一一年十月

向井秋生先生：

我想寫很多事，卻怎麼也下不了筆。我不認得你的臉，沒聽過你的聲音，理所當然的，你也對我一無所知。寄信中間一定會隔一段時間，我原本認為這樣正好，比較容易讓自己冷靜，現在卻感覺有些空虛。

請問，我可不可以去會面？我不是心血來潮，大概夏天那一陣子，讀到拼圖的故事時就在思考，要不要去見你。我不知道直接見到你，自己會說什麼？可能說不出話，也可能怒氣衝腦，把你痛罵一頓。但我想試著真正面對你，面對「向井秋生」。

一直咬身體部位，傷口很容易細菌感染，你盡量別咬了。

新堂深雪

新堂深雪小姐：

會面嗎？我很害怕和新堂小姐見面，可是我知道，妳是鼓起勇氣寫下這段話，謝謝妳。教化課程會在明年四月結束，可以等課程結束之後嗎？我知道人沒辦法這麼輕易改變。我看過很多人嘴裡說著「我想變正常」、「我會好好工作」，沒多久又繼續偷東西、打人。我不期待自己能變多少，但我想至少完成一件事，再和妳見面。

向井秋生

——二〇一一年十一月

向井秋生先生：

我知道了，就約明年春天。伊佐律師給我的簡介上有春季的監獄照片，監獄附近有一排櫻花樹，很漂亮。這簡直是把去監獄會面當作郊遊，真好笑。

今天有一位以前的同事來見我，我們一起吃了飯。以前下班後，我們偶爾會一起喝茶。我和她稱不上朋友，頂多聊一些不著邊際的話題，但她從不說人八卦，我喜歡她這一點。她在我請長假期間去了別間醫院工作，本來以為再也見不到面，有一點孤單。但是她特地來找我，說是很關心我的狀況，我很高興。她和我一起工作的時候，外表很普通，現在卻變了個人，頭髮剃得很短，感覺很男孩風。我想，她或許也經歷了很多事。現在不需要用電話、簡訊頻繁向家裡報告我的回家時間，自由自在，但時隔許久，重新近距離感受人的溫度後，回到空無一人的家中，又覺得非常寂寞。我想哼歌。

新堂深雪

新堂深雪小姐：

原來外面有櫻花。我移送到監獄的時候看不見外面，不知道外面有櫻花。我之前工作的時候不小心摔倒撞到頭，有點腦震盪。「腦震盪」這三個字寫起來好複雜。這三個字大概是我出生以來寫過最難的漢字。「腦」是大腦的腦，「震」是地震的震，可是「盪」除了「腦震盪」，有別的詞會用到這個字？字典的字很小，我很擔心自己寫錯。撞到的時候覺得很暈，現在已經沒事了。現在教化課程開始讓我們「隨意創作故事」。寫故事好難。怎麼寫都像在寫自己遇過的事，又想不到結尾。我不想把結尾寫得很糟糕，可是寫得太快樂，又覺得世上不會有這種好事。聽說寫好故事，就要在大家面前發表。大家都很害羞，露出奇怪的笑容，互相看來看去。

向井秋生

——二〇一一年十二月

向井秋生先生：

你的頭有沒有事？要多小心身體。我也想知道你會寫出什麼故事。完成之後請告訴我內容，只有大綱也可以。再過不久，今年就要結束了。時間過得真快，不過距離明年春天，感覺還有好長一段時間。

新堂深雪

新堂深雪小姐：

ㄋㄠˇ ㄓㄣˋ ㄉㄤˋ之後沒多久，本來沒事，現在頭卻會刺痛、會ㄩㄣ，很不舒服。我原本就很笨了，現在ㄉㄨㄥˋ ㄋㄠˇ之後頭還會痛。一直沒辦法寫故事，我很ㄈㄢˊ ㄋㄠˇ。對不起，現在看太小的字也會頭痛，沒ㄅㄢˋ法查字典，所以不會寫太ㄋㄢˊ的ㄏㄢˋ字了。寫這封信也花了好幾天，對不起。

向井秋生

——二〇一二年一月

向井秋生先生：

你有沒有給ㄧ生檢查？有時候頭部的ㄕㄤ，會等一ㄓㄣˋ子之後才惡化。

你快點告訴ㄐㄧㄢ ㄩˋ管理員。不用太在意故事，好好休息。我這封信ㄐㄧㄣˋㄌㄧㄤˋ把字寫得比較大，你希望我寫得更大的話，再告訴我。回信ㄇㄢˋ ㄇㄢˋ寫就好。

新年快樂。

新堂ㄕㄣ ㄒㄩㄝˋ

新ㄊㄤˊ ㄕㄣ ㄒㄩㄝˋ小姐：

一生做了很多檢查，但是都沒有問ㄊㄧˊ。我現在記不住ㄕˋ ㄑㄧㄥˊ，以前會寫的ㄏㄢˋ字也快忘光了。身ㄊㄧˇ會自己ㄉㄨㄥˋ作，所以ㄏㄞˊ能做工作。新ㄊㄤˊ小姐以前寄給我的信，我現在看不ㄉㄨㄥˇ在寫什˙ㄇㄜ了。原來妳的名字念成「ㄕㄣ ㄒㄩㄝˋ」，我會ㄋㄨˇ力記住的。早ㄘㄢ時間放的音樂ㄑㄧㄤ ㄑㄧㄤ ㄑㄧㄤ的，頭會ㄊㄨㄥˋ得不得了，希ㄨㄤˋ別再放了。我討厭那音樂。

向井ㄑㄧㄡ生

——二〇一二年二月

向井ㄑㄧㄡ生先生：

你以前說早ㄘㄢ時間的音樂ㄊㄧㄥ起來像在作ㄇㄥˋ，很喜ㄏㄨㄢ。現在不喜ㄏㄨㄢ了？不喜ㄏㄨㄢ就沒ㄅㄢˋ法了。請ㄐㄧㄢ ㄩˋ的人帶你去大一點的ㄧ院，做「ㄐㄧㄥ ㄇㄧˋ檢查」。我也會把這件ㄕˋ告訴伊佐律師。你記不記得我們約定好，等到春天我就去見你？請你千ㄨㄢˋ別介意約定的ㄕˋ。我在下ㄒㄩㄝˇ天出生，才叫做「ㄕㄣ ㄒㄩㄝˇ」。同理，你ㄧㄥ該是在ㄑㄧㄡ天出生。

請保重身ㄊㄧˇ。

新ㄊㄤˊ ㄕㄣ ㄒㄩㄝˇ

ㄒㄧㄣ ㄊㄤˊ ㄕㄣ ㄒㄩㄝˇ小ㄐㄩㄝˇ：

ㄆㄛˋ不ㄑㄧˊ，ㄨㄛˇ又花了很多ㄕˊ ㄐㄧㄢ才ㄐㄧˋ信。ㄨㄛˇ已ㄐㄧㄥ忘記很多

ㄕˋ，ㄉㄢˋ我忘了多少ㄕˋㄉㄡ忘記了。光是ㄒㄧㄤˇ到自己ㄏㄨㄟˋ忘記，就ㄐㄩㄝˊ得很可怕。

向ㄐㄩㄥˇㄑㄧㄡ生

——二〇一二年三月

向ㄐㄩㄥˇㄑㄧㄡ生先生：

別ㄉㄢ心，你去一ㄐㄧㄢ好好ㄐㄧㄢˇㄔㄚˊ，一定ㄏㄨㄟˋ好ㄑㄧˇ來。

你記不記˙ㄉㄜㄐㄧˇ個月前，你ㄘㄥˊㄐㄧㄥ告訴我拼ㄊㄡˊ的ㄕˋ。你ㄊㄡ走拼ㄊㄡˊ碎片，ㄏㄞˊㄐㄩㄝˊ˙ㄉㄜ「朋友可ㄋㄥˊㄏㄨㄞˊ一ˊ你ㄊㄡ東西」。

可是，你朋友說不定是在ㄉㄥˇ你坦白。比方說，你如果說「ㄉㄨㄟˋ不ㄑㄧˇ，碎片掉在我口ㄉㄞˋ」，ㄖㄢˊㄏㄡˋ把拼ㄊㄡˊ碎片ㄏㄨㄢˊ給他，他也許打ㄙㄨㄢˋㄉㄤˋ作沒這回ㄕˋ。他可ㄋㄥˊㄗㄞˋㄉㄥˇ你ㄉㄠˋㄑㄧㄢˋ，就ㄙㄨㄢˋ你ㄆㄧㄢˋ他也ㄅㄚˋ。你ㄐㄩㄝˊ˙ㄉㄜ呢？我ㄒㄧㄤˇ相信，你ㄉㄨㄟˋ你朋友來說，也是很ㄓㄨㄥˋㄧㄠˋ的碎片。

ㄒㄧㄣ ㄊㄤˊ ㄕㄣ ㄒㄩㄝˇ小ㄐㄧㄝˇ：

我已ㄐㄧㄥ不太ㄐㄧˋ˙ㄉㄜ拼ㄊㄨˊ的ㄕˋ。我ㄓㄨㄥˋ ㄎㄢˋ信，ㄏㄞˊ是不知道在說什˙ㄇㄜ。可是我記˙ㄉㄜ一件ㄕˋ，也知道ㄍㄞ怎˙ㄇㄜ做。

我好ㄒㄧㄤˋ ㄉㄨㄟˋ ㄒㄧㄣ ㄊㄤˊ小ㄐㄧㄝˇ做了很ㄍㄨㄛˋ分的ㄕˋ，一定ㄧㄠˋ向妳ㄉㄠˋ ㄑㄧㄢˋ，而且ㄧㄠˋ ㄉㄠˋ ㄑㄧㄢˋ很多次。我ㄐㄩㄝˊ ㄉㄨㄟˋ不ㄋㄥˊ忘記這件ㄕˋ。

ㄉㄨㄟˋ不ㄑㄧˇ。ㄉㄨㄟˋ不ㄑㄧˇ。ㄉㄨㄟˋ不ㄑㄧˇ。

ㄑㄧㄥˇ問ㄏㄞˊ ㄧㄠˋ ㄉㄠˋ ㄑㄧㄢˋ ㄐㄧˇ次？

ㄒㄧㄣ ㄊㄤˊ ㄕㄣ ㄒㄩㄝˇ

向ㄐㄧㄥˇ ㄑㄧㄡ生

——二〇一二年四月

ㄨㄛˇ才不ㄧㄠˋ你用這ㄓㄨㄥˇ方式「反ㄒㄧㄥˇ」。大ㄅㄣˋㄉㄢˋ！

＊

——二〇一五年三月

秋生：

聽說你那裡的櫻花已經盛開。我喜歡真櫻花，但仍最想看到一朵小櫻花。你寄來的信紙角落，總是綻放一朵小小的櫻花印記。那是信件經過獄方檢查的標記。對我而言，比起有名的賞櫻名勝，比起燦爛綻放的真櫻花，我更想看到那枚櫻花印記。

今天再過一會兒，我就要去見你。所以我不會寄這封信。我寫完之後，就用廚房的平底鍋或其他方式燒掉這封信。我打算將燒剩的灰燼，帶去撒在附近公園的櫻樹根部。櫻樹應該不會因此枯萎，但我有點心跳加速，像是準備做壞事。

撒完灰，我就要啟程去你待的地方。中間要轉乘新幹線、特急列車跟公車，路程很遠。自從雙親逝世，我第一次計畫去這麼遠的地方。因為家兄反對，我甚至沒參加畢業旅行。

我好期待，現在興奮得不得了。這是不是壞事？不，我已經決定了。是我決定、允許自己這麼做。我要滿懷期待，哼著歌，啟程出發。

等我，我要去迎接你了。

深雪

＊

——二〇二〇年十二月

伊佐利樹律師：

非常感謝您日前在年底繁忙之中，為我抽出時間。您答應成為秋生的監護人，著實讓我鬆了口氣。萬一我遭遇任何不測，秋生也有人關照。律師您困擾的神情像極了令尊，令我懷念萬千。我至今仍記得，當年接秋生出獄之後，令尊在回程公車上始終板著臉。

監獄內的那起意外，秋生說是自己摔倒，但我之後才得知是人禍。有一名受刑人認識秋生。對方以前曾經夥同秋生偷金庫。秋生在下手前一刻逃跑，害對方下場悽慘，所以對方很恨秋生。而且秋生完全不記得對方的長相，更是令他怒火中燒。對方在監獄作業中用力推倒秋生，秋生就這樣昏倒了。這座新型監獄半官營半民營，對外宣稱制度先進，獄方卻將這起事件當作意外處理，更要求秋生封口。後來是一位退休監獄管理員對大樹律師坦承內情。換作以前的我聽到，或許會天真地感到高興，認為秋生遭報應，自己體驗自己犯下的罪業。我若真能這麼想，可能比較幸福。我們約好在他教化課程平安結束見面。據說秋生害怕事情鬧大，自己被移送別的監獄，才老實地閉口不談。他以為去了別的地方，就無法履行跟我的約定。他真的很傻、太傻了。

秋生的大腦照過電腦斷層和核磁共振，都沒有找到異狀。然而，構成「向井秋生」的無數小碎片確實漸漸缺落，再也找不回來。大樹律師做了很多努力，但獄方堅持懷疑秋生裝病，秋生仍在監獄內嚴謹地度過剩餘刑期。我猜是秋生腦部的讀寫、記憶功能嚴重缺損，但他可以正常對話以及進行單純的監獄勞作，所以獄方不肯放人。

秋生單手拎著大樹律師準備的波士頓包，來到外頭的世界，仰望滿天櫻花，眼神充滿驚奇。他的眼瞳漆黑、明亮，彷彿剛才這一刻才呱呱墜地。我在醫院看過數百個嬰兒，秋生的眼神與他們相仿。我目睹這一幕，當下決定，我要照顧秋生。大樹律師擔憂影響我的人生，始終面有難色，但最後仍告訴我：「就隨妳的心意。」我想大樹律師很清楚，秋生無法自力更生，律師又不可能接手照顧秋生，這決定對秋生才是最好的選擇。

於是，我和秋生結為夫妻。平淡的日子一天天過去。我在醫院工作，秋生每週四天會到庇護工場做些簡單工作。沒有去工場的時候，我會拜託他做家事，打掃浴室、拖地。秋生討厭噪音、強光，一碰到會馬上皺起臉，除此之外的時間，他都靜靜的，很老實。不知是他變了個人，還是秋生的個性原本就這麼安定。他曾經希望有人在自己頭上通電，把他變正常，現在的他也許算是得償所望。

我有時會苦苦思念原本的秋生。明明我沒見過他一次面，卻希望他回來，讓我見見他。想看看他的臉、想聽他的聲音、想和他說說話。我的人生（不只以往，也包括未來）中，從未出現形同戀人的對象，不過，這股情緒或許就是「眷戀」？現在的秋生總能撫慰我的思念之苦。秋生喚我「深雪」，很聽我的話。每當他啃了拇指根部（他還保留這個習慣），我輕輕撫上他的手，他馬上就會放開。他總是對我說「對不起」，我則告訴他「別道歉」。

我滿三十五歲了。家兄正是在這個年紀去世。這十年稍縱即逝。有時會突然接到採訪要求，不知道對方從哪裡知道我；有時會收到陌生人的信，痛斥我的行為難以置信，是偽善、自我陶醉。我並不認為自己的行為是正確，或是錯誤。

什麼是罪？什麼是罰？什麼是反省？什麼是贖罪？什麼是寬恕？我想破了頭，仍得不出答案。秋生對家兄犯下的罪孽不會消失，但秋生給予我的一切依舊存在。我唯一能肯定，我的失落、哀傷、憤怒、寂寞、祕密……倘若問我希望向誰宣洩這些情緒，希望誰能理解我？這世上，我只渴望秋生承接我的一切。同樣的，我也希望了解秋生。我的願望僅止於此。秋生在監獄裡寫下的故事尚未完成，我沒有讀。無法見證故事的尾聲，太令人難耐，而且現實的未來比故事更重要。倘若我比秋生早離世，秋生或許會悲傷。他的悲傷，可能如同我失去家兄時的心情。光是想到我能教會秋生悲傷，就覺得十分心疼，又有些喜悅。

不好意思，信寫得有些長了。我今天休假，把這封信投進郵筒後，我就要去工場接秋生，順便買晚餐材料之後回家。秋生很喜歡邊走路，邊哼歌。

冬季日漸寒冷，還請您多保重。

祝您新年快樂。

向井深雪

＊

向井深雪太太：

南方各處開始傳來櫻花季來臨的消息。

不知您身體是否安康……現在這麼問您其實有些不得體，但我依然寫下這句問候。話裡包含我的心願，但願您在病況安定，比較有精神的時候讀到這封信。其實我親自前去探望您比較妥當，但聽說您最近服用比較強的止痛藥，長時間昏昏沉沉，我才決定寫信給您。扣除賀年卡的問候，我這是第一次提筆寫字給您，現在有些緊張。

我手邊有一封您三十年前寄給我的信。每當思念亡父，和亡父一樣走上律師之路，在路途中迷惘時，我總會拿出這封信讀一讀。信裡並未寫有明確的答案，但總能提醒我，人心不可測，尋不得答案、明知沒有答案，仍必須思考到最後一刻。我讀完信，就能稍微卸下肩頭的力道。

秋生先生很好。看護志工每週會拜訪兩、三次，仔細協助處理生活問題，不過他可以自己處理基本的生活雜事。我帶孫女去拜訪時，他陪我孫女玩了很久，很有活力。孫女今年七歲，對她而言，我是個糟老頭，老說她聽不懂話；秋生先生則是和藹可親的老爺爺，願意陪她玩變身遊戲。我很想帶秋生先生去醫院，但您上次手術結束之後，秋生先生見到您麻醉未退、臉色泛青的睡臉，似乎大受打擊，他站在原地動也不動，嚷嚷著「要和深雪一起回家」，給院方添了不少麻煩。他也許以為您被人欺負了。

前不久，我邀請秋生先生來家裡，讓他看看我第二個孫子。寶寶裹著您送的嬰兒毯，秋生先生一見到孩子，便目不轉睛地望著，似乎覺得很稀奇。您信裡提過秋生先生見到櫻花時的神情，或許就是這表情。我想到這裡，重新體認到您不在身旁，更是落寞。

是時候進入這封信的主題了。秋生先生說了些話，讓我有些在意。他說：「深雪在ＮＩＣＵ工作。」年長的孫女問：「什麼是ＮＩＣＵ？」他回答：「就是新生兒加護病房，她專門照顧小寶寶。」我原以為是您告訴他的，他後來補上一句：「深雪寄來的信裡有寫。」讓我不禁起疑。他應該失去了在監獄內與您通信的記憶。我問他那信是什麼時候寄的，他面帶疑惑，只答了句「以前寄的」，似乎記得不是很清楚。他撞到頭之前的記憶或許恢復了片段。您不在他身邊的日子過久了，他可能嘗試審視自己，思考許多事，到現在終於萌芽了些什麼。我逕自激動，嘗試問了一些事，但他的反應並不佳。有什麼東西能串起以前的「向井秋生」和現在的「秋生先生」？我思考著，腦內忽然浮現以前家父和您提過的監獄課程。秋生先生開始創作故事沒多久，就發生了那起事件，導致他無法繼續創作。您拿到寫到一半的故事，卻沒有讀任何一字。

現在的他，或許能繼續創作這個未完成的故事。這只是我靈機一動，但我非常想嘗試看看。於是我拜託秋生先生，讓我看看他出獄時的私人物品。您將波士頓包和字典一起收得很整齊，沒花多久時間就找到了。

稿紙上寫滿平假名，字句簡單，連我家孫女都讀得懂。或許是他在創作時手邊沒有字典，沒辦法和寫信時給您的時候一樣查字典。泛黃的稿紙、斑駁的鉛筆筆跡，在在讓我體會到，兩位的確先我一步經歷不少歲月。

我拜託孫女唸故事給秋生先生聽，這麼做或許比較容易觸動他的心靈。唸完後，我拜託他：「這故事只寫到一半，您能不能幫忙想故事後續？」秋生先生聽我說，這麼做您會開心，他沉默了一陣子，問：「我想了後續，深雪就會回家？」

對不起，我使詐了。我告訴他：「她一定會打起精神。」一邊在內心推託，「打起精神」跟「恢復精神」只差了一點點意思，不算說謊。秋生先生自然不知道我的內心糾葛，老實地點頭答應我：「那我會努力寫。」

過了一週左右，秋生先生寫完故事。聽看護志工轉述，他幾乎整個人黏在桌前，寫了又擦、擦了又寫，很努力和稿紙奮鬥。他就是這般深切渴望您歸來。我聽了除了內疚，也為此欣喜。

這應該算是向井秋生和秋生先生聯手創作的故事，我將原稿附在信內。

這或許不是向井秋生的故事，但確實是為您而生的故事。

我希望您讀一讀這篇故事，但希望您能答應我。

您讀完故事，千萬別覺得自己毫無遺憾。您或許會說，自己已經比已逝兄長多活了近一倍歲數，已經夠長命了。但求您再撐久一點，儘管等不到今年的櫻花季，至少請和秋生先生一起迎接春天。我很希望實際看到秋生先生筆下的結尾。

我會和秋生先生一起靜待您的歸來。願您多保重自身。

伊佐利樹

『小偷男孩』

在某個地方，有一個小男孩。他家裡很窮，老是穿著同一件衣服，爸爸媽媽都不管他。小男孩只有一個朋友。朋友住在大大的房子，每天都能洗澡，人很善良。

有一天，小男孩在朋友家偷了東西。因為他看到朋友的家人很快樂地一起玩拼圖，笑得很開心，讓他覺得很討厭，所以他偷偷把拼圖的一個碎片帶回家。自己的家人不像他們家，小男孩太羨慕了，反而覺得很生氣。他的右手握緊拼圖碎片，心想：「我沒有錯。」

到了隔天，朋友問了小男孩。

「你有看到我家的拼圖嗎？」

「有一塊碎片不見了，沒辦法擺出來。」

小男孩心兒怦怦跳，說了謊。

「我沒看到。」

神明看到小男孩說謊。小男孩的右手握著拼圖，再也放不開了。不管小男孩怎麼努力張開手掌，右手還是握拳。他覺得無所謂了，就用握拳的右手打了很多人。

「為什麼你要打人？」

「不可以隨便打人。」

他也打了勸他的人。小男孩最後變成孤單一個人。

小男孩讓很多人生氣、傷心。但是小男孩不在乎。

有一天，小男孩遇見了一個小女孩。小女孩也對小男孩生氣。小男孩一開始覺得「又來了」，可是小女孩沒有離開他。小女孩說起自己的事，小男孩也說了自己的事。小男孩覺得很高興。

「對不起。」

小男孩這麼說。但是小女孩一點也不開心。小男孩覺得，都是因為自己還是小偷，小女孩才不開心。他為自己偷東西道歉，小女孩還是沒有變開心。

「這隻手能張開就好了。」

小男孩心想，假如能把拼圖碎片還給朋友，跟他和好，小女孩應該會開心。

小男孩試過很多方法。淋冷水、淋熱水、塗了油，但是右手還是完全打不開。

小男ㄏㄞˊ用右手打了自己的ㄊㄡˊ，ㄐㄩㄝˊ˙ㄉㄜ這ㄧㄤˋ自己可ㄋㄥˊㄏㄨㄟˋㄊㄨㄥˋ到ㄓㄤ開手。可是什˙ㄇㄜ也沒ㄅㄢˋ，只有ㄊㄡˊㄅㄢˋ˙ㄉㄜ很ㄊㄨㄥˋ。但他ㄏㄞˊ是一直打，一直打，ㄗㄨㄟˋㄏㄡˋ女ㄏㄞˊ子走ㄍㄨㄛˋ來，ㄧㄚ住了小男ㄏㄞˊ的右手。

「ㄉㄨㄟˋ不ㄑㄧˇ。」

小男ㄏㄞˊ這˙ㄇㄜㄕㄨㄛ。

「你不用ㄉㄠˋㄑㄧㄢˋ。」

小女ㄏㄞˊ這˙ㄇㄜㄕㄨㄛ。

那他ㄧㄥㄍㄞㄕㄨㄛ什˙ㄇㄜ？小男ㄏㄞˊㄒㄧㄤˇ了又ㄒㄧㄤˇ，手不ㄊㄨㄥˋ了，他ㄏㄞˊ是一直ㄒㄧㄤˇ。小女ㄏㄞˊ一直待在他身ㄅㄧㄢ。ㄧㄥ花開了，又ㄒㄧㄝˋ了，只ㄕㄥˋㄕㄡˋㄧㄝˋ，ㄕㄡˋㄧㄝˋ又ㄅㄧㄢˋ黃，ㄊㄨㄥㄊㄨㄥ掉下來，只ㄕㄥˋㄕㄡˋ枝，花又開了。

小男ㄏㄞˊㄏㄞˊ是一直ㄒㄧㄤˇ。

「ㄒㄧㄝˋㄒㄧㄝˋ妳。」

小男ㄏㄞˊ這˙ㄇㄜㄕㄨㄛ，ㄖㄢˊㄏㄡˋ小女ㄏㄞˊ笑了。捏ㄐㄧㄣˇㄐㄧㄣˇ的右手手指

ㄙㄨㄥ了開來，手裡的拼ㄊㄨˊㄅㄢˋ成ㄧㄥ花的花ㄅㄢˋ。風一吹，ㄧㄥ花落下來，跟手ㄉㄧˇ的花ㄅㄢˋ一ㄑㄧˇ飛ㄉㄠˋ別地方去了。

小男ㄏㄞˊ用ㄓㄤ開的右手ㄑㄧㄢㄑㄧˇ小女ㄏㄞˊ，和ㄊㄚ一ㄑㄧˇㄎㄢˋ花ㄅㄢˋ飛走。直到花ㄅㄢˋ全部ㄒㄧㄝˋ了，兩個人ㄏㄞˊ是手ㄑㄧㄢ手，一ㄑㄧˇㄎㄢˋㄉㄠˋㄗㄨㄟˋㄏㄡˋ。

ㄨㄢˊ了。

(「你不用道歉。」

小女孩這麼說。

那他應該說什麼？小男孩想了又想，手不痛了，他還是一直想。小女孩一直待在他身邊。櫻花開了，又謝了，只剩樹葉，樹葉又變黃，通通掉下來，只剩樹枝，花又開了。小男孩還是一直想。

「謝謝妳。」

小男孩這麼說，然後小女孩笑了。捏緊緊的右手手指鬆了開來，手裡的拼圖變成櫻花的花瓣。風一吹，櫻花落下來，跟手裡的花瓣一起飛到別地方去了。

小男孩用張開的右手牽起小女孩，和她一起看花瓣飛走。直到花瓣全部謝了，兩個人還是手牽手，一起看到最後。

完了

適量的愛

他習慣把手機放在枕邊，一早起來，卻發現手機握在手上。他以為自己按掉手機鬧鐘睡了回籠覺，但根本還沒到鈴響時間。睡前的記憶因為酒精模糊不清，慎悟覺得無所謂，隨即拋開小疑問。不知從何時開始，他習慣放棄思考。大部分事情用「都可以」、「隨便」帶過，沒有任何不便。也代表自己的人生就是這般微不足道。

他這週負責到校門站崗，得提早出門。他爬出從不收折的被窩，朝陽穿過窗簾隙縫，宛如放映機的細長光線，照亮一部分房間。啤酒、啤酒、啤酒的空罐、昨晚放在餐桌沒收的超商便當，扭成一團的襪子、皺巴巴的白襯衫、空寶特瓶。陽光的明亮反而凸顯房內那股獨居男子的頹廢。慎悟對這一切司空見慣，然而一睜眼、一回到家，這景象還是令他煩悶。不過他提不起勁打掃，總是用酒水灌醉自己，又醉到入睡。

從冰箱拿出快乾掉的甜麵包，配鮮奶吞下肚，從如山的衣物挑出一件比較不皺的襯衫，整理儀容之後，鎖上門，像是徹底封印亂糟糟的一房一廳。

鳥群飛過高高天際。黑色豆粒在水色上排成「V」字，從慎悟頭頂遠處的高空，輕盈地滑翔而過。凝神細聽，聽不見鳥兒振翅的餘音，反倒是地面的雜音流入耳中。

「老師早安。」

「早……」

「老師早喔。」

來上學的學生在閒聊空檔，草草向師長低頭問好。慎悟回以機械式問候。校門站崗工作從八點開始，要站三十分鐘，夏熱冬冷，下雨天還很煩人，但比盯社團晨練輕鬆。慎悟用這理由催眠自己。

「喂，裙子收太短了，記得整理好。」

慎悟只想放空撐過站崗時間，二十歲出頭的年輕同事倒是很仔細檢查學生服裝儀容。

「讓老師免費看耶，不開心喔？」

「說什麼傻話。還有妝化太濃了，有必要頂著濃妝來學校？」

「這已經是最低限度的打扮了啦。我去便利超商也要頂著這身裝備呀。」

「真是……」

學生輕浮地回嘴調侃，同事一臉受不了，但內心大概不如表面上排斥。換成自己告誡學生儀容，學生只會用看螻蟻的眼神回瞪，所以自己什麼都不說。對於教師一職的熱情、積極早已乾涸，他劃清界線，只要大致完成學校預定課程，拿得到薪水，其他不用多管。只要學生在課堂上不吵不鬧，要打瞌睡、要做副業、要玩手機，隨便他們。這所公立高中的錄取門檻中下，普通科任教師只需遵照平時的筆記、考試分數，嚴謹地幫學生評分即可。想聊天，就去找熱愛社交的老師；想追求學習收穫，就花大錢去請教補習班講師。

在教職員辦公室參加早會，上課，空堂。午休時間，學生會在福利社擠成一團，所以他選擇去附近便利超商解決，貴一點也沒轍。午休完繼續上課，開會，改學生功課，大約七點左右離開學校。這一串就是慎悟的日常生活。段考期間、跨年度的時候比平常忙一點，最近又經常發生ＵＳＢ、校務文件遺失，不方便把工作帶回家做，離開學校的時間會更晚一點。

這一天，慎悟繞到正門另一頭的出入口，正要回家，頭頂傳來一陣嘻笑。仰望校舍，一部分教室還亮著燈。那是進修部班級。現在高中越來越少附設進修部，每當慎悟見到盞盞燈光，不自覺安心，接著自嘲。自己竟會因為校園的燈光心頭一暖，簡直像個正經教師。

慎悟單手提著塑膠袋，回到家，見到公寓走廊上有人。他以為是同樓層的鄰居，本想點頭行禮就走人，但那人直接站在慎悟家正前方。對方是個男人，鼻下、下巴長著薄薄鬍鬚，穿著黑色羽絨衣，長相陌生。慎悟不記得今天有來客，也沒有欠債，說是小偷，對方又太光明正大——慎悟停在隔壁門前，男人一見到他，便說：「你回來啦。」

「那個、請問您是哪位？」

慎悟其實想直接質問他是誰，但他不想隨便刺激對方，反被打一頓。對方身形比自己矮小，但年紀年輕很多，搞不好身懷武器。慎悟太害怕，問句莫名謙卑。

「咦？你不記得我喔？」

男人無奈地說。

「我不是說我要來？我剛才有打給你，但電話沒通。」

怎麼回事？這是新型態的匯款詐騙？慎悟急忙從大衣口袋掏出手機，只見液晶螢幕一片漆黑，毫無反應。

「手機掛了喔。」

「您誤會了，也許是沒電。我很少用手機，常常忘記充電……」

自己不知為何，竟對可疑人士尊敬地找藉口。

「畢竟我們昨天聊了一個小時左右，雖然你最後睡著了。」

「咦？」

慎悟吃了一驚，男人遞出自己的手機。通話紀錄顯示慎悟的手機號碼。

「但你昨天醉得一塌糊塗，我早猜到你不記得了。」

沒錯，慎悟昨晚喝小酒喝得起勁，完全不記得自己有接電話、講電話。然而他現在不記得眼前人，跟酒沒有半點關係。

「所以你到底是誰？」

慎悟盡力鼓起勇氣，瞪視男人。

「就算我醉昏頭，出口冒犯你，也沒必要直接跑到別人家門口。小心我叫警察。」

「你想用那支沒電的手機報警？」

男人毫不畏懼，反而愉快地說：「是你說我想來隨時能來。」

「你還主動告訴我地址跟大門自動鎖密碼。」

「少胡說八道，還有我從剛剛就在問，你到底是誰？」

「我說你啊，就算很久沒見了，也不該忘記女兒的長相吧？」

「……嗄？」

「我是『佳澄（KASUMI）』啦。好久不見。」

這傢伙腦袋有問題？慎悟腦子一片混亂，仍然動腦思考。自己的確有個女兒，名叫「佳澄」。離異的妻子帶走女兒之後，自己已經十五年沒見女兒。但自己的孩子可是「女兒」，眼前這人怎麼看都是男人。

「我早就知道你會嚇一跳。」

自稱佳澄的男人搔了搔剃短的後頸。

「我昨天也解釋過了，我是『跨性別男性』，女跨男（ＦｔＭ）。」

「不是，我聽不懂你在說什麼……」

現在有個來路不明的生物，試圖接觸自己的人生。慎悟心想，不禁打了哆嗦。自己的日子過得單調、平靜又安穩，宛如一池泥沼，不希望有人來擾亂。

「不信喔？你看。」

對方這次拿出駕照。證件姓名是「岡本佳澄」，證件上附有女子大頭照。慎悟最後一次見到女兒，女兒剛滿十二歲。大頭照的確殘留記憶中獨生女的影子。再抬起頭一看，眼前男人的長相直到剛才都顯得可疑又陌生，現在卻神奇地浮現佳澄的五官輪廓。忽視髮型、鬍鬚等男性要素，下巴、頸子確實如女子般纖細。慎悟認知到這些特徵，隨即肯定，眼前人確實是自己的女兒。

「佳澄。」

慎悟喊了「她」的名字，沒有接著說下去。女兒的大變身太過爆炸性，原因也許極為複雜，他很難問「為什麼」、「怎麼了」這類含糊問句。昨晚，自己是否傾聽了佳澄的遭遇？然後聽了就忘？「外面太冷了，總之先讓我進去。」佳澄指著門，等慎悟順從地開鎖，她不客氣地踏進家門，大嘆：「唔哇，嚇死了。」她的嗓音聽起來比男人高音，卻又比女人低沉。

「我餓了，可以開冰箱嗎？呃……什麼都沒有。那我要吃櫃子那杯泡麵。」

她擅自用電熱壺煮了熱水，並趁麵泡開的三分鐘內快速整理了餐桌。

「我開動啦。」

兩人面對面坐著，中間隔著冰冷的超商便當與熱騰騰的杯裝泡麵，慎悟腦中重現最後見到佳澄的景象。那是間充滿螢光色彩的咖啡廳，慎悟絕對不會單獨走這種店；菜單上標滿許多裝飾很立體的鬆餅，滿載水果、鮮奶油，佳澄卻悶悶不樂，只點了一杯冰紅茶。她到了青春期，也許覺得和父親單獨見面很尷尬。他們兩個月會見一次面，但就連慎悟自己都稱不上特別期待。畢竟父女間沒什麼話題。這天過後，前妻詢問見面日的訊息就此中斷，他也未主動催促，兩邊就這麼斷了聯繫，直到佳澄滿二十歲，匯完贍養費，他們從此視同陌路——至少慎悟這麼認為。他當然覺得寂寞，也很內疚，但每次見到女兒，曾經的「錯誤」便會湧上心頭，令他坐立難安。不見面，慎悟的內心反而獲得一絲平靜。

「你便當不用微波？」

然而十五年過去，樣貌丕變的女兒（算女兒嗎？）不知為何，又坐在自己面前。

「不用。」

「是喔。」

佳澄默默吸著泡麵，兩三下就吃完了。慎悟還在撥開硬邦邦的白飯，佳澄主動開口：

「昨天那通電話，我說我是跨性別男，你聽得懂意思嗎？」

「呃，你等我一下。」

慎悟急忙起身，在自己的手機插上充電線，開了機。手機裡確實留有來電紀錄。手機有紀錄，腦袋卻沒記憶，總覺得有些失落。

「你還在懷疑喔？」

「因為我想不起來。所以妳是說……就是、妳打來是想向我坦白性別的事？」

「正事等等再談，總之你先告訴我，你知道『女跨男』是什麼意思？」

慎悟回答「我知道」，但他只知道名詞的意義。

「身心性別不一致，身體是女性，心靈是男性。」

「對對對，太好了，我還以為你會說我人妖咧。」

「我在學校研習過相關課程。」

「對喔，你是高中老師嘛。我完全沒想到。」

佳澄嘻嘻笑道。這孩子曾經笑得這麼開朗？印象中的佳澄更文靜，講難聽點就是陰沉。或者只是他們父女關係太過疏離，自己太不熟悉女兒。

「你會熱血地對學生高談闊論嗎？」

「談什麼？」

「人生啦、未來之類的。」

「不會。」

「學生可愛嗎？」

「還好。」

端看這番問答，慎悟比佳澄更像叛逆期青少年。佳澄在桌上撐著臉，說：「我想去動手術。」語氣之隨興，像是說要去剪頭髮似的。

「妳說手術……」

雙眼下意識掃過佳澄的上半身。羽絨衣底下穿著短袖T恤，肩寬小，身體輪廓偏圓，怎麼看都是女性的身體，胸前卻一片平板。

「喂，別一直看。」

佳澄用手掌輕拍胸前，解釋道：「我壓平了啦。」

「有一種專門的束胸內衣。網購都找得到，你自己看。」

「妳穿束胸要做什麼？」

「因為我不需要。」

答案簡短有力。

「我一看到乳房就覺得腦袋卡ＢＵＧ。不懂自己為什麼會長這種東西。我想盡量當自己沒有乳房，也想徹底拋掉這玩意，所以才要動手術。」

那下半身該怎麼辦？慎悟聽完她解釋，又更進一步冒出疑問。他還沒問出口，佳澄便搶先一步說：「我打算全身都動手術。」

「摘除乳腺、子宮、卵巢，閉鎖陰道，加上陰莖成形手術。」

工序一個疊一個，光聽就讓人不寒而慄。慎悟今年五十五歲，感謝上天保佑，他從未讓手術刀在身上劃來劃去，很難想像一個人要怎麼做這套大工程。佳澄的語氣卻格外愉快：「我之後要去泰國做這些手術。」

「那些手術……沒問題？」

「怎樣沒問題？」

「呃、就是安不安全之類的。」

「割盲腸也有風險啊。」

「那在日本動手術不是比較好？」

「泰國這類手術比日本先進啦。還附帶各種觀光行程，我想去騎大象。」

她當真要動手術？心態可以這麼隨便？若是問慎悟哪裡不行，他又說不上來。佳澄見慎悟吞吞吐吐，目不轉睛地盯著他。

「你反對？」

「也不是反對。」

「我想也是。」

佳澄露出兒時從未見過的無奈笑容。

「你又不可能知道我要花多少成本，當然事不關己。」

慎悟早已付清談好的贍養費，但他知道，佳澄口中的「成本」想必不只金錢層面。就如女兒所說，她已經成年，想做什麼手術是她的自由。慎悟沒權力，也沒有動力制止她。

「老媽氣個半死，說要斷絕母子關係。」

慎悟聞言，沒有任何想法，頂多隨意猜測前妻的想法。一個母親忍痛生下孩子，孩子卻想去變性，她多少會不甘願。慎悟吃完乾巴巴的便當，問道：「所以，佳澄，妳特地跑來我家，究竟想幹麼？」她又不像來求父親認同，慎悟仍然不懂她的目的。

「佳澄（KASUMI）。」

佳澄重複了自己的名字，莫名失笑。

「現在我都自稱『YOSHIZUMI』（註4），好久沒聽人叫我『KASUMI』，感覺很新鮮。」

當初取成「亮」或「光」，現在就省事多了。女兒抱怨道，不過慎悟當時可沒料到她未來會變性。

「收留我一陣子。」

註4 漢字「佳澄」讀成「KASUMI」為女名、讀成「YOSHIZUMI」為男名。

自稱『YOSHIZUMI』的佳澄開口要求。

「我要辦去泰國的手續，但同居的女人把我趕出來，我現在無家可歸。我想多少省點錢。」

慎悟先是覺得麻煩，不想跟這事扯上關係，但自己好歹是她父親，一口回絕太無情，總之先問：「妳要待多久？」

「我說一陣子就是一陣子啦。你電話裡不是說，我想待多久就待多久？啊，如果你有女朋友，我就不打擾了。」

「少說傻話。」

慎悟嘆口氣，站起身，把空便當盒塞進廚房的垃圾袋。

「我這可沒有客人用的被子。」

她的肉體還是女人，應該把被子讓給她？但她內心是個男人，應該不想被特別照顧？慎悟說完當下就開始猶豫，但佳澄毫不在意，直接說：「沒差啦。」慎悟逃進浴室，質問自己該如何應對，但他似乎不需要多管閒事。簡而言之，只是久別的孩子想來暫住一陣子，稱不上什麼大問題，純粹是對方來得太突然，他仍然很吃驚。倘若佳澄所言不假，自己就是醉昏頭的時候答應讓她來暫住，兩人目前也能好好說話，大不了起爭執的時候趕她出門便是……慎悟說服自己，洗完澡，隨手開了電視，邊喝啤酒邊看電視。佳澄趁他喝酒的時候也洗好澡，換上寬T恤和棉長褲，走出更衣間。胸部依舊平坦，看來她還穿著「專用束胸」。壓一整天不會呼吸困難？

「我累死了，先睡了。你至少有夏天用的毯子吧？借我用。」

佳澄把背來的背包當枕頭，從櫥櫃拉出毯子，直接躺在榻榻米，蓋了薄毯和羽絨衣入睡。蜷縮的背脊看起來很鬆懈，慎悟稍微放鬆，問道：「妳怎麼被趕出來？」佳澄答了句：「感情糾紛啦。」慎悟聞言，內心又是一陣小衝擊。她口中的「女人」，應該就是「那種意思」。對方是把佳澄當男人還是女人，才搞出感情糾紛？

「對了，不要問我女的跟女的要怎麼做愛，很噁。」

誰會問這麼沒神經的問題。慎悟太過尷尬，口中的啤酒忽然苦得不得了。不論以往還是現在，慎悟始終覺得「女兒」宛如謎團。

隔天早上，慎悟被大門的開門聲吵醒。接著是冰箱前摸索塑膠袋的窸窣聲，以及淋浴的水聲。佳澄似乎去了哪裡又回來。除了自己，有人在家裡發出聲響，感覺非常新奇。慎悟三十幾歲時叫過幾次外送茶，但他本性怕生，多半趁著醉意打電話，很難順利勃起，後來慢慢覺得自己太蠢，就放棄了。他漸漸沒動力發洩性慾，甚至懶得哀嘆自己衰老，現在彷彿有另一個自己冷眼旁觀，任憑身心日漸枯竭、凋零。這稱不上看開，單純是自己無力抵抗時間洪流，只能站在原地無所適從。

「老師，你醒了嗎？」

佳澄在喊自己。

「我在做飯，你去洗把臉吧。」

慎悟順從地洗了臉、剃了鬍子，出來便見到不知何時「深藏不露」的餐具，名副其實在桌上重見天日。

「你這裡沒有菜刀、平底鍋，我就隨便做做。」

桌上擺著微波白飯、沖泡味噌湯、溫泉蛋、納豆，以及鯖魚拌小番茄沙拉。慎悟沒有道謝，反問道：「妳怎麼喊我『老師』？」

「你就是老師啊。而且事到如今我很難開口喊老爸。」

慎悟也認同，她喊「老師」確實比較順耳。佳澄早就過了發育期，一大清早還是很能吃。

「妳食慾真好。」

「我剛剛去附近慢跑，你明天要不要一起來？」

別開玩笑了。佳澄見慎悟搖了搖頭，又說：「你好歹自己煮頓飯吧。」

「老吃超商便當很傷身。」

「我不會煮。」

「要學很快就會了啦。」

「我就是不擅長，該怎麼說……我不懂『適量』是什麼意思。」

剛離婚的時候，他太想念親手做的菜，也曾買食譜自己嘗試。

「光是看到『鹽巴適量』、『少許日本酒』，我就懶得做了。還有什麼『用繞圈的方式淋醬油』，根本搞不清楚要倒多少、要多大圈。」

但他嫌麻煩，不想每次都用量匙、量杯量正確的量，苦戰過後勉強完成配菜，成品卻糊成一團，味道頂多是「沒其他選擇的話勉強能吃」，沒多久就舉手投降。

「你這話也太理科生，你是教數學？」

「我教古文。」

「你這超文科生啊！」佳澄愉快地大笑。等到慎悟要出門，佳澄還一副悠哉樣。他問：「妳不用工作？」佳澄回答自己無業。難不成她打算住一輩子？無情的憂慮可能洩漏在慎悟臉上，她馬上提醒：「用不著你擔心。」

「我幹護理師幹很久了，還有一點存款。」

「護理師？」

「對，護士，好不好笑？當然，我是以女人的身分做護理師。我去很多地方工作，順便體驗人生。看遍男女老少的身體，也去性別身心診所工作過，最後決定要動手術，才辭掉工作。之後就是一邊做荷爾蒙治療，一邊零星打工。」

女兒以前只會靜靜凝視冰紅茶，不知何時，她的人生經歷已經遠遠多過父親。她語氣爽快，聽起來反而有說服力，慎悟連忙出門，跟昨天一樣站在校門前。然而他的心態和昨天不同，忽然好奇每一名學生的樣貌。或許有學生和佳澄一樣身心不協調。比方說，有男學生長髮及肩、戴著紅耳環，或是有女學生剃短了後頸髮尾。慎悟一邊思考，一邊重複道早安，偶然和一名女學生對上眼。對方嘖了一聲，他急忙垂下眼。那小女孩比自己的女兒還小，自己何必嚇成這副德行，簡直窩囊。慎悟心想，卻又不敢抬起頭。對方眼中滿是赤裸裸的厭惡，刺得自己老骨頭發疼，老化的腰間、膝蓋隱隱作痛。自己最好別繼續睡那張硬邦邦的被墊。但說到要扔掉現在的被墊，買張新床……他光想像就嫌麻煩。

早上第一堂沒課，慎悟上網搜尋泰國的性別重置手術，得知佳澄想要的手術項目約要花上兩百萬日圓，還要來回兩國數次，手術程序非常繁雜。非得做到變性的程度不可？慎悟並不反對佳澄動手術，卻又坐立難安，於是他從辦公桌挖出以前ＬＧＢＴ研習時的講義，細細重讀。ＬＧＢＴ是什麼、學生主動坦白性向時該如何處理、如何應對廁所或更衣室問題……慎悟心想，他想知道的不是這些，但問他究竟想了解什麼，他也說不出個所以然。慎悟嘆口氣，快速翻了翻講義。這時，年輕同事忽然來搭話：「您真用功。」

「啊、不，不是。」

慎悟莫名慌了手腳，連忙推辭。

「我下次要上『換身物語』……那篇故事包含ＬＧＢＴ要素。」

「原來如此。」

同事主動開了話題，卻又哼笑一聲。

「真羨慕您，有這麼多時間仔細備課。」

對方顯然在譏諷，慎悟無意義地笑了兩聲，帶過了事。他知道對方討厭自己。學校教職員對於「須崎慎悟」的認知相當一致，年資資深卻不擔任班級導師，無需處理各種麻煩職務，工作內容輕鬆愉快。這是事實，自己也不打算改變作風。慎悟每隔數年調職時，下一個職場總會確實交接自己身為「問題人物」的緣由，每一個新職場都暗地排擠慎悟，他不知何時也麻痺了。他將講義收回抽屜，正好看見名片盒裡的名片，幾乎沒有減少。「慎悟」，這名字越看越覺得左右不平衡。「慎吾」或「真悟」也不錯，為什麼要取兩個豎心旁的漢字？感覺自己連名字都跟適量無緣。

說起來，「性」也是豎心旁。

到了傍晚，慎悟手機收到一封簡訊，要他今天別買便當回家。慎悟空手回到家，佳澄正好在做菜。

「回來真早，你先洗洗澡。」

「……好。」

全新平底鍋牢牢占據瓦斯爐。不僅如此，慎悟差點以為進錯房間，房內煥然一新，沉甸甸的氣氛煙消雲散，像驅魔過似的。感覺屋內變得很通風。浴室也刷得亮晶晶，還擺了護髮用品和沐浴乳，他不記得自己買過這些用品。慎悟還丈二金剛摸不著頭腦。洗完澡，便見到剛出鍋的煎餃在桌上迎接自己。

「嘿，辛苦啦，乾杯！」

慎悟嫌和店員對話麻煩，幾乎不吃外食，已經許久沒有喝裝進杯裡的啤酒。啤酒的色澤有這麼金黃？或者是房間變乾淨，自己產生錯覺。

「教師不是重勞動？」

「看人。」

慎悟把熱騰騰的煎餃泡進胡椒醋（他第一次知道能這樣吃煎餃），答道：

「我現在沒有接班導師，也不當社團顧問了。」

「呃，因為『那件事』？」

佳澄輕率地揭了慎悟的傷疤。

「對。」

「還有人提那個喔。」

「外人就是會隨便猜測。」

「上班很尷尬？」

「我落得輕鬆。」

啤酒將老舊的悔意和煎餃一起沖進喉內。

「老媽一天到晚抱怨這件事，說你還不如直接外遇，至少沒那多麻煩。」

佳澄似乎對此沒什麼想法，慎悟稍微安心。她可能不太記得當時的事。

那年佳澄三歲，慎悟擔任男子籃球社顧問，當時的男子籃球社在地區大賽贏得冠軍。社團只有七名社員，實力弱小，竟能贏得如此漂亮。慎悟在那之前只是基於責任感擔任顧問，深受感動，後來態度變得有些狂熱。他熟讀籃球規則書，早晚團練、社團活動從不缺席，甚至不分星期六日、國定假日，只要有社員想練球，他都樂意到體育館報到；春季新學期盡力招攬新社員，社團採購籃球雜誌、備品時經費不足，他毫不遲疑，慷慨解囊；有社員煩惱未來出路，他可以陪學生在家庭餐廳談上幾小時。若有社員家庭背景複雜，他也會邀請對方來家裡享用妻子的拿手菜。

一開始妻子認為慎悟熱情照顧社團是好事，很支持他，然而兩年、三年過去，妻子漸漸眉頭深鎖。妻子一再告誡慎悟，社團顧問等同於做志工，要他別太過頭。

——我講直白一點，你與其把錢跟時間花在別人的孩子身上，不如多關心佳澄。

慎悟充耳不聞。教師的工作就是照顧學生，投入一點有何不可？難不成要他拋棄那些社員？慎悟無視妻子抱怨，先是慶祝社員考試及格，每次大賽慶功宴，就自掏腰包請全體社員喝飲料、吃拉麵，到最後竟然砸了三百萬日圓，買了一輛十人座休旅車，用來接送社員。妻子氣得跳腳，直說不可置信，慎吾這時已經懶得多做辯解。

數個月後，這輛新車還開不到幾次，慎悟就在參加別校的練習賽路上引發車禍。他其實只是輕輕追撞了前方車輛，沒有人受傷。校方原本默認顧問親自接送社員，這次意外卻使得校方把接送行為搬上檯面檢討，家長、校長激烈譴責慎悟。當地教育局進行大規模調查，接連查出相同案例，懲戒人數多達上百人，相同立場的教職員也遷怒慎悟，認為是他出車禍把同事拖下水。

校方高層告知慎悟社員的意見調查結果時，最令他大受打擊。——大部分學生表示你會強迫學生聽取意見，一個籃球大外行，卻過度介入社團練習，社員不想再忍耐你了。

自己聽著主任念誦匿名調查表，半開的嘴唇越來越乾澀。當時的感覺仍記憶猶新。是誰？是誰這樣批評自己？晚間的體育館內，他們不是聊了很多？他在家庭餐廳請客，社員明明道謝連連，那些回憶全都是自己自作多情？

他是為學生好。車禍要怪前方車輛急煞。然而，當妻子拿出離婚申請書，慎悟深深體會到，自己甚至失去傾訴對象。他依照妻子要求蓋了章，交出所有存款，手邊只剩下一輛未來不會再開、大而無用的事故車，空蕩蕩的房子，以及兩項貸款。他帶著熱愛，灌注過剩的關心，卻沒有人受益。既然自己不懂預估對象的承受能力，給予適量的愛，不如一開始就別多事。

「每次聖誕節、我的生日，你都送了三、四個禮物給我，對吧？」佳澄說：

「老媽每次都罵你送太多，你還是死性不改。而且我不喜歡娃娃、全套扮家家酒，小時候真心覺得困擾。」

沒錯，慎悟不論買什麼送佳澄，她從未露出開心的神情。這孩子脾氣太古怪，而社團的社員比親生孩子更坦率表達喜悅，他不由得更疼愛社員。

「妳想說我送那麼多禮物是給妳找麻煩？我又不知道妳骨子裡是男的……」

「假如我連外表都是男人，你就會買變身機器人或模型給我？我對那些東西又沒興趣。別用性別認定別人的喜好，跟性別無關。你記不記得，老媽說過很多次，『那孩子不喜歡粉紅色』、『她想要天空、雲朵的攝影集』。」

「……我沒印象。」

「你們離婚之後，我跟你每次見面，你老是帶我去吃甜得要死的蛋糕。我不喜歡甜食，比較想吃麥當勞的薯條。小孩喜不喜歡，看反應就知道了，但你滿腦子只想著給人這個、給人那個，根本沒注意別人的反應。家人、學生可不是老師用來滿足自我的道具。」

慎悟發現自己只是一頭熱，白忙一場，當時的羞愧與窩囊重新赤裸裸地湧上心頭，腦子冰冷空白，臉卻一陣發燙。他好恨佳澄平淡的語氣，甚至希望她更情緒化地痛罵自己，這樣他搞不好能趁勢反罵她「吵死了，想抱怨就滾出去」。對方沉著描述事實，反而讓他無地自容，只敢保持緘默。儘管氣氛尷尬，煎餃直到最後一口，仍舊美味。

那一晚，慎悟早早入睡，卻在半夜被尿意逼醒（最近夜尿次數突然變多），一進廁所，就見到佳澄站在洗臉臺前，對自己的臉塗塗抹抹。

「啊，吵醒你了？抱歉。」

慎悟吃了一驚。佳澄面對鏡子，表情莫名嚴肅，那模樣像極了前妻。前妻剛洗好澡，塗抹保養品時的側臉，微彎的背脊。這些記憶早已消失，甚至不留一絲失落，如今卻驀地在腦內鮮明重現，彷彿播起了電影，嚇得他一陣心臟亂跳。自己並不留戀前妻，但回顧自己的過錯依然痛苦。佳澄見到慎悟僵在門口，疑惑地問：「幹麼？」

「沒有……只是在想，原來妳現在還會做那些事啊。」

「那些事是指？」

「就是妳現在做的，保養臉那些的。看妳家事也做得不錯，真的打算變男人？」

「哇靠。」

鏡中的佳澄狠狠皺起臉。她後頭是一名四十出頭的男人，傻傻暴露自己的蠢臉。

「你是認真講這種話？扯爆啦。管你是男是女，想好好生活就需要做家事，皮膚漂漂亮亮的也比較舒服啊。」

慎悟早猜到對方會反駁。他也知道自己思想古板，但他就是認為男人不用太在意打扮，只有吊兒郎當的年輕人才會注意頭髮、皮膚。

「你坐那邊等一下。」

他小解完，順從地坐在餐廳椅子上。佳澄拿著鑷子和像玩具的剪刀，走了過來。

「機會難得，我幫你修個眉毛。」

「不用，何必做這種……」

「有必要啦。修一修眉毛，給人的印象就會完全不一樣。」

慎悟想起身逃走，但捉住自己手腕的手指冰涼，完全就是女人的手指，他一時遲疑，不知道該不該直接甩開。

「你眼睛閉著，不然我很難修。我要拔掉多餘的毛，會有點刺痛喔。」

慎悟投降，閉上眼，感覺眼瞼偏上方一些，對方拔起一根又一根毛。有的一拔就脫落，有的卡得很緊，痛得不得了。連眉毛都有個性？

「我想拔掉所有白毛，不過這樣眉毛會變稀疏。」

「喂，快住手。」

「不會拔啦。用剪刀幫你修好看一點。」

佳澄信心滿滿，保證慎悟會判若兩人。慎悟反而想反駁她，何必把現在的自己說得這麼難堪。自己的私生活確實稱不上完美，但他好歹天天刷牙洗澡；在工作方面，自己的確沒有熱情，有氣無力，相對的，他從不遲到蹺班，結過婚也生了孩子，各方面應該都及格。但他沒膽子對親生女兒強調這件事，只能臭著臉，勉強嘀咕一句：「我才不信。」

「別動眉頭，很難修。」

喀嚓、喀嚓，這是修剪眉毛的聲響。皮膚不時感受金屬的冰涼觸感，眉毛碎毛輕盈搔過眼角。他心想，從一旁看來，這景象想必滑稽。不起眼的單身男子，被另一個（表面上的）男人玩弄眉毛，怎麼看怎麼詭異。

「我覺得你很怪。」

佳澄的手指輕輕掃去臉上的毛，撫過眉毛。慎悟不自覺地想，她的動作還是很像女人。

「你光想著幫別人，何不對自己好一點？對象是自己，就不會做過頭，也不會造成誤會，不是很快樂？」

「那麼做，不就真的只是自我滿足？」

「對自己自我滿足算不上問題啦……好，修好了。」

佳澄帶慎悟到洗臉臺前，他怯生生地確認鏡子，眉毛那一區雜毛地帶確實變得井然有序，整體印象稍微變清爽，但還不到判若兩人。

「跟之前差不多？」

「有差啦。還有，你是不是只抹肥皂剃鬍子？那樣很傷皮膚。我買了刮鬍泡跟鬍後水，你拿去用。不合膚質的話再買就好。」

「真麻煩。」

「怎麼會麻煩？你以前明明會打理自己。」

「妳還記得？」

慎悟一驚。

「我那時候看得很專心，想說我長大也需要剃鬍子，要記好步驟。」

佳澄笑著說，自己小時候有點嚮往老爸。鏡子裡的「她」，是熟悉的女兒，同時也是陌生男人。隔了一面鏡子，慎悟和眼前人多了些許距離，反而容易開口。

「對妳來說，動手術也算是一種『對自己好』？」

「嗯？」

「就是……女跨男不也有各種形式？有人只希望外表像男人，有人想要注射荷爾蒙，妳卻選了最困難的一條路，這不會太過頭？」

「你特地做功課啦？」

「我只是重讀以前的工作講義。」

佳澄在慎悟身後雙手環胸，歪了歪頭，露出沉思的神情。

「我的話，動機比『對自己好』更根本一點。我昨天也說了，現實狀況跟我的認知產生ＢＵＧ，所以我想修正現實。ＢＵＧ的嚴重度不同，要修正多少見仁見智，我也不懂別人的想法。我跟老媽談過，但她聽不懂，只會氣得大罵，說我怪她把我生成女人。」

佳澄說要睡了，離開洗臉臺。鏡中剩下慎悟一個人。平時鏡子裡明明只有自己，現在卻覺得這景象莫名冷清——不，或許是他沒找機會在鏡中仔細觀察自己。髮際線往後退，皮膚毛孔粗大、長斑，臉頰鬆弛，眼角、嘴角布滿皺紋。這些瑕疵彷彿一口氣烙在自己臉上，「衰老」近在咫尺，慎悟不禁打了寒顫。落在慎悟頭頂上的時間並非一、兩天，而是經年累月。離別後，六歲女兒如今已是年近三十的成年人，慎悟在這段歲月卻始終在走下坡，斜坡還越來越陡。就算現在嘗試對自己好，又能如何？

看著鏡子表現訝異，簡直像是女用化妝品廣告。自己也被女兒影響了？慎悟勉強揚起笑容，卻更顯孤寂。他嘆口氣，鑽進被窩，偶然嗅到太陽的氣味。他這一刻赫然察覺，女兒白天幫自己晒了被子。慎悟不知道該不該道謝，不過佳澄安穩的呼吸聲像在拒絕他打擾，於是他默默閉上眼。

隔天，慎悟按照慣例時間起床，但女兒逼他用正確的方法刮鬍子，還幫他保養皮膚、打理髮型，他差點來不及站崗。

「只有眉毛變整齊，會讓人感覺很突兀。平衡一下。」

「是妳說修個眉毛就能改變形象，妳唬我？」

「好啦，別像小孩一樣耍賴。看鏡子，你至少年輕十歲了。說實話，我剛見到你的時候嚇死了，想說『哇靠，你怎麼變老爺爺了』。現在比較符合你的年齡啦。還有，別駝背喔。」

慎悟聽見「老爺爺」這三個字，小小受了打擊。他站在校門口，比平時乾淨的下巴感受風吹，沒來由地緊張。「年輕十歲」只是佳澄的客套話，但他仍覺得害臊，彷彿只有自己換了其他季節的衣服。抬頭挺胸，頂多差上幾公分視野，整個世界卻變美了。學生道早安的聲音似乎比昨天更清晰。對自己好一點就有這些改變，自己真單純。不，自己原本就是這種個性。自己太單純，聽別人稱讚幾聲就得意忘形，忽視周遭的反應。他因為個性吃大虧，才決定不對任何人、任何事物抱期待，然而——

「……安。」

幾名女學生的問候只剩語尾，她們看見慎悟的臉，噗哧一笑。慎悟本以為是看錯，隨即聽見她們竊竊私語。

——呃，他是不是改造型？

——噁爆了……

他當場想逃走。慎悟恨死不在場的佳澄。他知道會被笑，才不想多搞怪，那孩子簡直多管閒事。自己一個糟老頭花時間打扮，看起來也是糟糕透頂。到這個年紀還被人笑話外表，太悲慘了。

慎悟一回家就抱怨，女兒卻笑著帶過，說什麼「她們發現你改頭換面啦，不是很好？」，根本事不關己。

「別開玩笑，我可不想再丟那種臉。」

「你回去繼續蓬頭垢面，人家還是會講話。」

「那你是要我怎麼辦！」

「老師自己決定啊。」

佳澄的語氣像在教導孩子。

「覺得太花時間，那就不要打扮，想繼續維持現在的自己，就繼續。但可別用學生會笑你當理由，這等於把責任推給他們。把做事的動機、理由連結到別人身上，你的人生會過得越來越拘束。」

家長和小孩像是立場對調。慎悟難以接受，只能賭氣似地反駁：「但事實不會改變，學生就是笑我。」他隨著年紀增長，喜怒哀樂日漸僵化，最近越來越難控制、轉換情緒。

「那些臭小鬼又不懂事。我還在當女高中生的時候，朋友把裙子弄短來上學，老師可是隨口就批評學生。說什麼『腿那麼粗，露出來誰要看』、『妳是來學校釣凱子的嗎？』就算她違反校規在先，也不需要這樣汙辱學生。隨便批評別人的傢伙，想法都一樣幼稚啦。」

慎悟聽見那句「我還在當女高中生的時候」，不禁失笑。

「喔，笑啦？能笑就沒事，這話題到此為止。我煮了關東煮，吃飽趕快忘掉鳥事啦。」

笑意可能中和了怨氣，他開始覺得糾結這雞毛蒜皮小事，反而更不舒服。但他應該乖乖聽孩子訓話？俗語說「老來從子」，看來真有點道理。

「妳好像變得看很開？」

「真能看那麼開就好了。」佳澄笑道。慎悟第一次見到她那種表情，像是塗鬍後水的時候，胸口一陣冰涼。

「我只是碰過太多狀況，要逼自己看開，不然就活不下去，後來就慢慢習慣了。」

慎悟洗了澡，用電腦製作上課講義，佳澄從後頭看了過來，說：「哦？你還是有在工作啊。」他不敢承認，自己本來打算在學校做完工作，但是太想早點回家抱怨，就帶回家了。

「你要教什麼？《枕草子》？《源氏物語》？」

「《換身物語》。」

「那什麼鬼？沒聽過。」

慎悟簡單解釋了故事。這篇物語寫於平安時代後期，作者不明。故事主角是一對同父異母的兄妹，兩人樣貌相似，哥哥文靜賢淑，宛如公主，妹妹則相反，性格爽朗，如同年輕公子。於是兩人交換身分，分別扮男裝、扮女裝，在王宮奔走奮鬥。

「哇，平安時代真厲害，這題材也太刺激。故事最後怎麼樣了？」

「兩人最後都恢復原本的性別，皆大歡喜。」佳澄聽了簡介，原本雙眼發亮，等到聽了結尾，表情明顯失望。

「什麼啊，還是這樣收場喔。」

「平安時代可沒有性別重置手術。」

「『換身』的意思是指『兩人交換』?」

「不是。」

慎悟猶豫了片刻,老實說出原意。

「兄妹的父親見到兒子不像男人,女兒不像女人,憂心兩人未來,不禁感嘆:『真希望兩人交換靈魂。』標題就取自這句臺詞的原文。」

儘管佳澄不滿意《換身物語》的結局,但故事本身很有趣。慎悟推薦佳澄至少讀讀看白話文版,不過,她只用一句「我懶」拒絕慎悟。

慎悟在那一天之後,依然細心刮鬍子、保養皮膚。他不知道自己不想輸給誰,總之就是想爭一口氣;再來,他漸漸樂意在自己身上花費些許時間。只有在保養的時候,他會稍微有點幹勁。手掌沾滿化妝水,貼上臉,溼潤又冰涼的觸感令人心曠神怡。感覺化妝水成分以外的事物也逐漸滲進皮膚,讓人安心。這感受,絕非邊緣人空虛無比的獨樂。只因為自己生為男人,直到今天才體會這股舒暢，真是吃虧。

「您最近煥然一新了呢。」

過了一週左右，同年齡層的女教師對慎悟說道。對方對待慎悟還算友善，他便禮貌回以微笑：「是嗎？」

「是呀，整個人變年輕了。」

「這、其實是……女兒最近來我家，給了我不少建議。」

「有女兒就是好，女孩子還是比較體貼。」

閒聊內容很普通，卻觸動慎悟的神經。佳澄並非是生為女人，才比較體貼人。然而，自己若是真心認同佳澄的性別，應該直接稱她為「兒子」。是因為自己不太想把佳澄當兒子看待？慎悟在心底糾結，偶然望向桌曆。佳澄的生日快到了。記憶的按鈕總是難以捉摸，長年未曾憶起的日期，忽然產生意義。他猜佳澄不會讀，仍去了趟圖書室想找《換身物語》，但書已借出。

慎悟想抹去白天的內疚，當晚問了佳澄想要什麼。

「你女兒都老大不小了，你竟然還記得生日。而且還會來問意見，有進步嘛。」

佳澄嘴裡調侃，心情卻很不錯。她邊洗碗邊哼歌，思考想要的東西，最後說道：「我想去泡溫泉。」

「我這模樣進不了大浴場，所以房間要附露天浴池的那種。」附露天浴池的旅館價格不菲，但慎悟點頭答應：「隨妳找。」佳澄馬上操作手機，短短十五分鐘後就定案。「我訂好了，就這週六。」

親子兩人單獨小旅行，好像他們感情很融洽，慎悟覺得很難為情，佳澄的態度卻一如往常。她駕駛租來的車前往位在山上的旅館，從家裡大約一個半小時車程。那間旅館是改裝廢棄旅館，外觀簡潔卻冰冷——不對，就佳澄的說法，應該是「具功能美學又有格調」。

佳澄在房間的露天浴池泡澡，慎悟則是趁機去了大浴場。他待在露天浴池的角落，無意識望過其他旅客，或者該說是其他的肉體。裡頭找不到希臘雕像般的俊俏男人，有的小腹凸出，有的渾身體毛，有的腿短，人人身上暴露七情六欲，慎悟也不例外。這具身體距離全新的那一刻，已有五十餘年，換作是公寓，早該改裝或改建；換作汽車，早該退役了。這皮相說不上特別好看，身體也處處出問題。要說不滿，恐怕說也說不完，但自己註定要用這具軀殼活下去，直到心臟停止跳動。誰也無法取代另一個人。慎悟想到這，看看邋遢頹喪的男浴場，看看這些軟爛其中的陌生人，他忽然覺得他們非常軟弱、彆扭。雖然這陣感傷很是膚淺，若不是與佳澄重逢，他不會有這種體會。慎悟泡暈了，踉蹌走出浴池，一如在家的步驟，在鏡子前面擦上化妝水和乳液。也許是出來旅行的緣故，他變得比較大膽，不顧忌旁人眼光。短短十分鐘，彷彿一場培育自愛的儀式。

旅館附近沒有觀光景點，他在溫泉的休息區悠哉看了雜誌，吃了住宿附的晚餐，前一天設計期末考考題太晚睡，沒多久睡魔便奪走他的意識。旅館厚實的床墊和家裡壓扁的被墊一比，天差地遠，他彷彿躺在雲朵之上，睡得很沉。

一覺醒來，身旁的床鋪空無一人。時間剛過五點，又是出外旅行，佳澄仍然規律地出外慢跑。慎悟用作務衣（註5）代替浴衣，披上外套，一早就到無人的大浴場享受溫泉，舒舒服服回到房外，便見到佳澄站在房門前。

「怎麼了？」

「什麼怎麼了，鑰匙咧？」

「啊。」

「喂。」

明知房間有自動鎖，他還是推了推門。

「真的假的，這樣進不去耶。」

「別這麼大聲，我去拜託櫃檯。」

「啊現在櫃檯又沒人。」

佳澄一提，他才想到旅館聲明過，晚間十一點到隔天清晨六點沒有服務

註5　作務衣為早期寺廟和尚做雜務時的穿著，後為平民工作服。附綁帶，上衣繫在右腰間，上下衣袖皆為九分袖。

人員。記有緊急聯絡電話的小抄、手機都留在房內。

「怎麼辦……」

慎悟已經習慣依賴佳澄，佳澄聽他一問，消極地回答：「只能等人來了。」站在走廊上也不是辦法，兩人移動到大廳沙發。幸虧旅館空調還開著，一早偏涼，卻不擔心受凍。

「大浴場如何？」

「很寬敞，很舒服。」

「真好。」

這句語氣莫名稚嫩，慎悟心頭一痛。

「動完手術，不就能光明正大進男浴池了？」

「誰知道？手術後胸口、腹部暫時有傷疤，也不知道下面那東西能做得多逼真。假如做得很怪，大概沒望。」

「這樣啊。」

比起排除，重新創造事物還是比較困難。

「我的能給妳就好了……」

自己恐怕不會再以雄性目的動用這東西，空有表面，還不如給佳澄。慎悟只是反射性說出口，佳澄卻大喊「好噁！」，接著放聲大笑。女兒介於男女之間的笑聲，響遍空曠無人的大廳。

「喂、安靜點，萬一有人跑來怎麼辦？」

「你怎麼會有這種念頭啦！我才不要大叔萎掉的雞雞咧！」

佳澄不顧慎悟制止，仍然咯咯笑著，接著用連帽T的袖子擦擦眼角，說：「好扯，都笑到流眼淚了。」之後，她把單人沙發轉了九十度，面向屋外。中庭小池、人工瀑布另一邊，山頭還深陷漆黑之中，看不清輪廓。

「我之前不是說，我被女人趕出來？」

佳澄淡淡低喃。語氣沒了方才的開朗，應和黎明前的寧靜。她撐著頭，藏起側臉，看不見她是什麼表情。

「嗯。」

「其實是她剝光了我的皮，或者說我自願獻出所有財產，結果沒錢就沒用了。對方說家人要動手術，我明知她說謊，還是妄想自己故意上當之後，她能繼續愛我。」

「妳到底給了多少？」

「五百萬日圓。」

慎悟忍不住翻白眼，拚命忍住不罵她傻。

「有沒有借據？」

「沒有。」

「總會有提到錢的簡訊內容之類的？找個律師……」

「不用。」

佳澄無力地搖搖頭。

「我說妳啊，那金額可不是自認倒楣就能了事。妳不是想動手術？」

「她說：『我可是跟妳這種性變態交往到現在，妳反倒該感謝我。』假如再見到她，她又說一次同樣的話，我大概會很想死。」

對方不是在汙辱自己，慎悟卻彷彿有塵土卡住喉嚨到胃部，一時語塞，難以呼吸。

「朋友之前就警告過我，說『那女人不對勁』，但我沒聽進去。只願意聽甜言蜜語，最後身邊一個人也不剩。」

妳這不是跟我一樣？回過神來，才發現自己渾身赤裸打顫，自作自受。自己沒教過女兒什麼，她怎麼偏偏像自己一樣傻？佳澄的愚蠢令慎悟痛苦、氣憤，又心疼。自己真是太膽小了，得知對方和自己有著相同缺點，才終於敢確定心中的親情。

「難不成……妳在電話裡也提過這事？」

「沒有，現在是第一次提。」

佳澄輕輕嘆息，又突然拋開憂愁，直爽地說：

「我擔心手頭錢不夠，暫住在網咖。那時突然接到警局的電話，說我兩年前在電車上弄丟錢包，現在找到了。是人都會期待裡面還有錢，覺得感謝上天吧？不過去領錢包的時候，裡頭一塊錢都沒有，只剩下藥局的集點卡和一張小紙條，紙條上寫著老師的手機號碼。我滿二十歲的時候，老媽給了我那張紙條，叫我今後如果有什麼麻煩，可以自己聯絡你。」

應該是慎悟正好把家用電話解約的時候。

「我當時根本不想要，隨手塞進錢包，之後又換了幾次錢包，遲遲沒扔掉紙條。我根本忘記自己拿過紙條，但是在破破爛爛的錢包裡看到紙條，我當下真心覺得，那是上天的啟示。」

東方天際逐漸泛白。漆黑轉為清澈的藍，組成漸層，從上到下逐漸明亮。然而山峰的另一側，太陽遲遲未露臉。陽光還在邁向黎明的路上。

慎悟心想，自己應該說點話，但又不知道該說什麼。什麼話不會傷害她，什麼話可以安慰她？現在身為父親，能給佳澄最適當、最剛好的話語，究竟是什麼？他內心抱持無謂的期待，希望朝陽光亮到來，為自己帶來靈感。但服務人員比朝陽更早來到櫃檯。

「早安。」

「啊，不好意思，我們把鑰匙忘在房裡了。」

佳澄隨即起身。等到早餐時間、辦退房，甚至開車回家途中，佳澄都絕口不提往事。她可能覺得傾吐夠了。

「很久沒開車，我想自己兜個風。」

佳澄讓慎悟在公寓前下車，留下這句話，又開車走了。從整潔的旅館回到舊公寓，才相隔一天，泛黃的牆壁、楊楊米的晒痕顯得莫名落魄。他開了窗，想至少讓屋內空氣新鮮一點，但十二月寒風實在難忍。冬日升得慢、落得快，天色沒多久就變得昏暗，佳澄卻沒回來。慎悟沒有開燈，細細沉思。

他或許可以幫佳澄彌補被騙走的五百萬。

他是獨居，又沒有別的嗜好，還完貸款之後，差不多就存了五百萬。雖然擔心老年生活的各種問題，但他還能再工作幾年，又有退休金跟年金。慎悟不在乎錢，而是猶豫自己出五百萬給孩子變性，究竟算不算「適量」？前妻若是得知，會不會又罵自己「做過頭」？但都決定要動手術，當然是趁年輕做，傷才好得快。再說，他沒幫佳澄準備成年禮的振袖和服。不對，那傢伙根本不需要振袖，但總是有父母為孩子花上幾百萬日圓準備和服，自己的想法應該和那些父母相仿……柿子色的斜陽留慎悟一人，獨自西沉。告訴佳澄之後，她會說什麼？慎悟能輕易想像對方的反應，她不會面露喜色，反而會一臉受不了，唸自己「又說這種傻話」。不然就寫張形式上的借據，讓她每月一萬元，慢慢還給自己？慎悟覺得這點子不錯，但提建議的對象還沒回來。她到底去哪兒兜風了？慎悟打了電話，轉接語音信箱，但他不喜歡自己一個勁地說話，只能默默掛斷。

到了早上，佳澄仍未回家。也許慎悟該去找警察，但佳澄不是小孩，他又很猶豫該如何解釋佳澄的性別和外貌，於是暫且先去工作。他坐立難安地上完上午的課，佳澄依舊毫無音訊，到了午休，他沒有像平常一樣去便利商店買食物，而是去了一趟郵局。今天校方會支付冬季獎金，他想先查看錢有沒有進帳，確認自己能援助佳澄多少金額。

然而，慎悟看了ＡＴＭ的顯示餘額，震驚當場。

一百二十七萬七千四百五十六日圓。怎麼可能？扣除今天匯來的獎金，帳戶剩餘的錢甚至不滿一個月薪水。存摺現在不在手邊，郵局窗口又擠滿人，他只能小跑步奔回學校，用電腦登入自己的帳戶查看資料。

怎麼回事？倘若現在周遭沒人，慎悟肯定詫異地喃喃自語。上週五，有人臨櫃提走了五百萬日圓。假設有小偷偷走存摺、印章，他不可能有辦法一口氣提走鉅款。那該不會是……慎悟奔到校舍後方，又撥了一次佳澄的手機號碼。心頭猛跳，胸口刺痛不已，他感覺血管急遽收縮，已經給身體造成負擔。

『喂？』

今天對方直接接起電話。而且她聽見慎悟喊了「佳澄」，主動招認：

「你發現我領走錢了？」語氣不帶半點愧疚。

『你的存摺跟印章很好找，我趁半夜偷拿你的駕照，擅自在委託書上簽名，拿著所有文件臨櫃提走錢。我說父親生病無法自行領錢，郵局人員完全沒懷疑。我大概是在醫院看過太多擔心父母的孩子，很擅長模仿他們的表情。』

「妳到底在說什麼？」

『你要報警嗎？犯人是家屬，我又是無業遊民，警察大概會覺得很麻煩。』

「我不是要問這個。」

『我的意思是，我需要錢。』

儘管隔著電話，佳澄應該聽得出慎悟語帶顫抖，但她無動於衷。

「妳說需要錢，是缺手術費？我可以幫妳……」

『你想幫我出？花五百萬自我滿足，就可以當自己是個好父親？我盜領你的錢，就是不屑讓你幹這種鳥事。哪能讓你落得輕鬆？』

慎悟聽著這番冷言冷語，第一次明確感受女兒的憎恨。彷彿有人拿冰塊扔進心臟內，沿著血流逐漸冷凍全身血液，麻痺從指尖一點一滴竄上身。

『你還記得我小時候最後一次跟你見面，我們談了什麼嗎？』

「不記得……」

『我想也是。那就這樣，永別了。』

對方拋下離別話語，同時掛斷電話。慎悟沒有勇氣重打，腦袋一片混亂，打過去也無法正常對話。那孩子一直很恨自己，會來自己家裡、處處照顧自己，全是為了找機會騙取錢財……溫泉之旅又算什麼？難不成只是「先捧再摔」之計的一環，先玩玩親情遊戲討自己開心，再推自己下坑？「啊，須崎老師！」慎悟佇立在原地，毫無防備，這時頭頂忽然傳來呼喚。仰頭一看，圖書室管理員從四樓圖書室窗戶向自己招手。

「您上週不是在找《換身物語》？上一位借閱者剛才來還書，請您過來拿！」

不，他現在沒心情借書。慎悟其實可以告訴對方「已經不需要了」，直接婉拒，但管理員笑容可掬，他說不出口，只能氣喘吁吁地爬上四樓借書。

慎悟提著超商便當，回到陰暗的家裡，獨自喝酒。明明只是恢復維持數年的生活循環，便當乏味，酒的味道像直接啜飲泥水，寂寥、無趣。他想破了頭，自己到底做了什麼，這麼惹女兒討厭？不就是她遷怒？有夠娘娘腔，以前的往事記恨記這麼久。洗完澡還沒過多久，自己的臉變得乾巴巴。是因為自己懶得擦化妝水跟乳液。肉體很誠實，有保養就變好，一偷懶就變差。慎悟打從心底認為，維持身體機能存活，實在太麻煩了。兩天前滋潤的感覺徹底乾涸，消極與氣餒逐漸蔓延全身。反正自己就這麼好騙。親生女兒哄個幾句就得意忘形，上當受騙。她一定也和籃球社的小鬼一樣，背地裡得意地吐舌頭，覺得父親根本是冤大頭。

慎悟鑽進冷冰冰的被窩，怎麼也睡不著，無可奈何，只好拿出《換身物語》來看。課堂上只會用到一部分文章，他已經很久沒有讀作品的其他部分。

權大納言有兩個孩子，「若君」惹人疼愛，喜愛繪畫、玩娃娃，「姬君」聰明伶俐，擅長吹笛、作漢詩，讓父親傷透腦筋。權大納言原本心想：「孩子長大以後，自然會同其他孩子一樣。」然而他的期望落空，「若君」越來越像妙齡公主，「姬君」越來越像年輕公子。權大納言見「若君」扮演公主，容貌柔美脫俗，不禁感嘆：

——甚憂哀。若此子為女，必將凡者見之予愛憐矣。

真是太糟糕了。倘若這孩子生為女兒身，那會是多麼可人又令人憐愛。

天真直率的「姬君」終於迎來妙齡，開始煩惱自身的「BUG」。

——其幼時不覺自身有怪處，思道世間許有如己者，逍遙成年。然耳聞他人舉止數件，始感己身愧恥，且甚怪。但今，已無法變己之思想，嘆曰：不知吾何時怪變之？吾無法與他人同乎？

她年幼時從不認為自己古怪，以為世上總有這樣的人，隨心所欲長大成人。然而聽聞越多他人的生活舉止，她開始感到羞恥，覺得自己很異常。但事到如今，她也無法改變自己的價值觀，只能哀嘆：「為什麼我會變得這麼奇怪？為什麼我沒辦法跟別人一樣？」

手驀地停止翻頁。他明明仰躺著，靜止不動，胸口卻一陣騷動，呼吸越來越急促。

——怎麼會這樣？只有我這麼奇怪嗎？

——我好怕。

記憶彷彿即將壞掉的日光燈，一點一滅。佳澄。

平時都是透過前妻約定見面，不知為何，女兒自己打電話來，問說可不可以瞞著母親來見慎悟。他困惑之餘，仍訂好時間地點和女兒見面。然而佳澄的神情比平常更僵硬，送來的冰紅茶一口也沒喝。怎麼回事？她和母親吵架了？萬一她是離家出走來找自己，事情就麻煩了。慎悟暗自嚇得心驚膽顫。

「佳澄。」他盡量冷靜地喊了女兒的名字。

——怎麼了？妳不說，我不知道發生什麼事。

——爸爸……

眼看佳澄終於開了口，又咬著下唇沉默。及肩長髮微微搖晃。

——佳澄？

——我的月經來了。

佳澄猛地抬頭，接著潰堤似地傾訴：

——媽媽說恭喜我，這是喜事。學校朋友也來幫我慶祝，但我一點也不開心。月經來了，明年要上中學，學校只能穿制服，一定要穿裙子，身體擅自變得可以生小寶寶，這些都讓我好討厭。朋友說畢業典禮想要綁一樣的髮型，要我一起留長髮，可是我也不喜歡長頭髮。怎麼會這樣？只有我這麼奇怪嗎？我好怕。

慎悟吃了一驚。他跟女兒沒什麼交集，女兒光是提到「月經」就讓他慌了手腳。佳澄求助的眼神讓他煩躁，他長嘆一口氣。何必找自己談這種事？

——……這個，爸爸也不懂，妳找別人吧。對了，不如找保健室老師聊聊看？

在這之後，佳澄是什麼表情？

書本啪地落在臉上，眼前一片漆黑。她不敢跟母親、朋友坦白，被逼到絕境，只能向不算親密的父親發出SOS訊號，慎悟卻用一句「不懂」推開她，轉身離去。自己又搞錯「適量」的意義。為什麼自己沒有告訴她，妳一點也不奇怪，爸爸沒辦法幫妳換個靈魂、換具身體，但可以陪妳一起想想該怎麼辦。數百年前那名公主的苦惱，和活在現代的佳澄相互共鳴，淚水盈滿眼眶，沾溼借來的書。枯槁老男人的淚腺仍未死去。身體還能以哭泣流淌情緒。

回鈴聲響後，「噗」的一聲，電話接通了。

「佳澄嗎？」

慎悟說：「我想起來了。」

「真是對不起，我說了很過分的話，沒有嘗試包容妳的煩惱。錢妳就拿去，需要做什麼儘管用。」

電話另一頭仍舊沉默。但慎悟感受得到佳澄的氣息。

「抱歉……妳要多保重。」

『老爸。』

佳澄開口了。

『我打電話給你的時候，其實是自暴自棄，想著至少向你抱怨兩句。都怪你不接納我，我才會變得這麼蠢，明知道對方是想騙自己才留在身邊，還對騙子百依百順……可是你接電話的時候醉得一塌糊塗。我一說『我是佳澄』，你馬上回說：『喔喔，妳過得好嗎？』整個人超嗨。我根本出師不利，不管說什麼，你都回說『妳真棒』、『妳好努力』，莫名很溫柔。我試探性地要求『讓我住你那裡』，你馬上回我『妳想待多久就待多久』。』

慎悟至今仍想不起這段對話。幸虧自己沒有跳針或亂講話。

『你說「你很寂寞」。』

就她所說，慎悟當時脫口說出「一個人很寂寞」、「妳來的話我會很開心」。

『我看到你的臉，進了你家，恍然大悟。完全是典型的孤獨大叔，光看就讓人鬱悶。我一想到自己三十年後可能也會變成這副德行，嚇得毛骨悚然，不知不覺就開始照顧你。我簡直傻子。看到一個人年紀大了，變得軟弱無力，真的很難繼續生氣。你乾脆再婚、生了小孩，過著溫馨生活，我還比較氣得起來。』

佳澄氣憤抱怨：「真是世事不如意。」

『我們去泡溫泉隔天早上，不是聊到動手術的事？你當時說「我的能給妳就好了」。我笑死了，不過那一瞬間，我差點要原諒你，差一點就覺得無所謂了。那是做爸媽的真心話啊。我在醫院看過許多父母，他們見到小孩受苦，痛哭著，想把自己的心臟、手腳送給小孩。你那句話跟他們一樣，真心誠意。所以，謝謝你願意說那句話……雖然你要送我，我也不要。』

原來如此。有時也可以不管適量。可以試著說出那些無從實現的願望、希望。而且願望也並非全然無法實現。

慎悟說：「我想拜託妳。」

「假如妳動了手術，真的成為佳澄（YOSHIZUMI），能不能讓我繼續當妳是佳澄（KASUMI）？妳出生的那一天早上，天空很晴朗、很乾淨，所以我才幫妳取名『佳澄』。即便我可能再也沒機會喊妳的名字，我還是想把妳當成『佳澄』。能不能把妳的BUG留給我？」

『什麼啊……』

佳澄低聲說道：

『我第一次聽說。』

「嗯。」

窗簾縫隙可窺見潔白早晨的片段。天亮了。佳澄不在慎悟身邊，也許再也無法相見，但他想像兒子在南國的太陽下，笑著騎大象，感覺自己再寂寞都能活下去。掛斷電話後，他要洗把臉，面對鏡子。

儀式之日

昨天深夜（正確來說是今天凌晨），高中學弟時隔一年打了電話來。

『我父親死掉了，明天要辦葬禮，我找不到別人來，學長能來一趟嗎？』

我心想，怎麼把找人參加喪禮說得像找人聯誼，時間正好碰到休假，我便答應了。不過，我參加最大的動機，就是想試著參加一次「喪禮」。畢竟我至今從未弔祭過別人。帶著一半玩心，我穿上黑衣，披上黑色大衣，套上黑鞋。我在大門前的全身鏡前，望著自己不帶色彩的裝扮。但我本來就喜歡黑色，現在的服裝跟平常沒差多少。

——你好像向田邦子。

我們剛認識，一起玩過幾次之後，學弟對我這麼說。

——那誰？我不看電視，不認得藝人。

——她不是藝人，是劇本家，也有寫隨筆跟小說。已經死掉了。聽說她生前常常穿黑衣服。

——原來，她的作品很好看？

——……看人吧。

——這樣啊。

學弟很愛看書。我一年都不一定看完一本書，但就算不跟我比，學弟還是很常看書。我半開玩笑地稱讚他很用功，他淡淡回我一句：「因為圖書館可以免費看書。」

——在圖書館睡著會挨罵，我只好隨便拿書來看。而且讀書是習慣，就跟刷牙沒兩樣，沒什麼大不了。

去年忘記是什麼機會，湊巧在網路上看到向田邦子的圖片。圖片是黑白照片，但她的確穿著黑衣，長相很美，眼神卻很犀利。那眼神就如同今日冬陽，清澈、耀眼，彷彿瞬間射穿我的腹部。一想到這眼神早已從世上消逝，儘管自己跟她非親非故，還是莫名正襟危坐。我還沒讀過她的書。

我走出公寓，才發現自己忘記帶耳機。我搭車時總會戴無線耳機聽音樂，沒戴耳機就渾身不對勁。但我懶得特地回去拿，心想反正只有今天，無所謂，就直接邁開步伐。我連倒垃圾都不忘戴耳機，看來自己還是有點緊張。

以前學弟不時告誡我，不要邊走邊聽音樂。一不注意可能會被車撞，搞不好還會得重聽。不過，無論學弟搬出多少風險說服我，我還是喜歡走路、搭車時聽音樂，很難改掉。重複播放喜愛的樂曲，遮蔽雜音，讓曲調在腦內迴盪。我甚至願意為了聽音樂特地出外旅行。我總是隨口說「我知道啦」，敷衍之後當作耳邊風，現在真心覺得自己這態度很不應該。加快腳步，嚴冬的氣息猶如細細冰絲，撫過臉頰，皮膚隱隱刺痛。

久違地開放耳孔，一路上充滿各式各樣的聲音，多到令我詫異。自己的鞋底踩踏柏油路，喀哩喀哩響，大衣和裡頭的衣服摩擦窸窣，汽車駛過，腳踏車奔馳而過，交通號誌演奏電子旋律。某處傳來狗叫，孩童哭泣，超商自動門隨著門鈴開闔。鳥兒啼叫，巡邏車的警笛，某人的來電鈴聲。我並不覺得吵鬧，反而感到非常新鮮。從家裡聽外頭的聲音，跟直接在外面聽完全不同。沒想到會被這麼多聲音圍繞。這話要是給學弟聽見了，他肯定會傻眼地說：「你到底多沉迷在耳機裡？」

我在超商買了奠儀袋和淡墨毛筆，但不知道該在什麼時候送奠儀。學弟說沒有其他人參加喪禮，代表喪禮沒有接待處，我當下決定，學弟如果不收，我就直接拿回家。便利商店沒有賣念珠，等路上看到可能有賣的店再進去看看。到目的地還很遠，總有機會買。我走進車站內的咖啡廳，在最後一刻買到只賣到十一點半的早餐套餐。水煮蛋附了一小包鹽，我見狀，偶然想起一件事。以前學弟參加喪禮，回程來我家玩。我一打開家門，他就給了我一包白色紙包，要我往他身上灑。

——我不能直接進去。

——這啥？

——說是除穢氣的鹽巴……等等，不要從頭上灑啦。就說要灑胸口、背後跟腳。

——我又不懂。

——我其實也是今天才知道。

學弟說，他公司總經理的父親過世。「葬禮長什麼樣子？」我問道，他給了我一個沒頭沒尾的感想：「就很厲害。」

——有個像旁白的人在唸逝者的資料……在哪出生之類的。說什麼「活過動盪的昭和時代」，還真有人這麼說啊？然後就是念經，念了一大堆，剛好過了一個小時，然後司儀說要出殯了，放棺材的臺子還附車輪，有人慢慢推走這樣。說是儀式，比較像看了一場表演。

——真專業。

對工作人員而言這是工作，只是他們例行公事的一部分，總比失誤百出好得多。不過，學弟的表情五味雜陳，帶了點憂慮和不滿，嘀咕道：「我死掉的話，不知道葬禮會怎麼樣？」

——臺詞大概會變成「活過動盪的平成時代」？

——也太短命。

——那就「動盪的二十一世紀」？

——太久了啦，我沒這麼長壽。

不景氣的平成、ＩＴ革命的平成、少子化的平成、行動電話的平成。我們隨便塞了幾個適合「平成」的標語，覺得莫名可笑，兩個人趴在暖爐桌桌面，大笑出聲。說起來，那時候也是冬天。學弟喪服上的墨黑，彷彿吸走附近所有聲響，那一晚莫名寧靜。那套喪服是他自己買的？還是跟人借的？我在暖爐桌邊睡著前一刻，聽見他喃喃自語。

——每個人的人生都是動盪不安吧。

水煮蛋蛋白上的透明鹽粒稍縱即逝，但張口一咬，鹹鹹滋味確實融進舌頭。記憶很有趣，一格格日常收藏在大腦的抽屜，只需一個小小契機就會重新浮現。人人的人生皆是動盪不安。我想不起自己有沒有回答他，但我現在肯定點頭稱是。比方說，生離、死別，都很動盪。而且每個人必然會經歷這些過程。蛋黃黏在口腔各處，一口咖啡，沖刷入喉。

我搭上特急電車，過了幾站，一群學生衝進車廂。現在還是白天，可能是段考之類的？他們發揮小小巧思，努力在自己的制服展現個性。我望著那些制服和學校書包，不由得懷念起校園時光。但我是讀定時制進修部，和普通高中生活相差甚遠。黑板上方掛著圓形掛鐘，書桌桌腳裹著橡膠護套，以及男女老少皆有的同班同學。駝背的老婆婆、酒店女郎、前繭居族，甚至有外國人。酒店女郎很親切，總會分我幾顆薄荷糖，說是用來上課提神。一口氣塞進嘴，清涼辛辣一口氣趕走睡意。操場一片昏暗，校舍除了上課教室外全都黑漆漆，走廊空無一人。說到高中，我會聯想到熄燈後的冷清景象，現在卻帶了點暖意。我心想，希望學弟也有同感。

學弟的上學時間是白天，也就是「普通」時段。

——不好意思，我放學的時候不小心忘記帶字典。已經要段考了，我可以進去拿嗎？

課堂途中，一名「普通」高中生出現在教室，原本鬧騰騰的夜間部班級頓時剩下無言的譁然。

——那時候真心覺得「完蛋」。

我坦承當時的第一印象，學弟笑問：「怎麼會？」

——你知不知道有一首歌，唱說玩具會在孩子們入睡後偷偷玩耍？就像那首歌。小孩突然起床，要趕快躲進玩具箱。我們當下就是那種感覺。

——可是你們又不是在做壞事？

——我們像在借你們的教室玩上學遊戲，就是有點害臊。

我借用的座位正好是學弟的書桌，拿出英和字典遞給他，他客氣地行禮：「不好意思。」我曾跟日間部學生擦肩而過，這是第一次和他們交談，像在租屋處遇見屋主，內心有些不好意思，也帶了點尊敬。他居然特地跑回教室拿字典，一般高中生的考試想必很辛苦。我撕了張紙條，寫上「考試加油」，手邊正巧有一小包點心豆，便和紙條一起放進書桌抽屜。我在車站前拿了髮廊面紙，面紙正好附了點心。隔天晚上，我發現書桌抽屜有一張小紙條，上頭寫了回信，不禁開心。

『謝謝你，點心很好吃。不好意思，我現在手上沒有東西能回禮。』

從此之後，我們靠著紙條交流，維持了一個月還不嫌膩，所以我留了手機號碼和ＬＩＮＥ ＩＤ給他。他卻是用公共電話打給我。

——因為我沒有手機。

現代小孩竟然沒有手機。我暗自稀奇，但沒有追問原因。我已經習慣事先避開任何事關「家庭因素」的話題。

——進修部要讀四年對不對，你今年幾年級？

——三年級。

——我是二年級，所以我要叫你學長了。

在這之後，他開始稱呼我「學長」，我們放假會見面，有時會一起出遊。「我們可以一起畢業。」學弟這麼說，他卻在升上三年級的同時辦退學。退學理由是他繼續上學也沒太大用處，又想要買機車，想早點工作。我沒資格表達贊同與否，就點點頭帶過。我不想念他「好不容易努力了兩年」、「高中畢業跟中學畢業，工作的選擇會差很多」，像在說教。學弟小我六歲，他有個神祕的堅持，說是不想成為「普通」的大人。或許我當初應該試著說服他繼續上學，事到如今後悔也無濟於事。

轉乘兩次電車，終於抵達目的地，我在車站百貨的百圓商店買到念珠。我不是想找便宜貨，純粹是只有百元商店有賣。百元商店的商品多得數不清，讓人誤以為百元商店可以買到世界上所有東西。我暗自在心裡默唸一句

「百元商店的平成時代」，彷彿聽得見學弟吐槽：「太廉價了啦。」

我按照指示去了車站的北邊出口，馬上找到學弟。他出外一身漆黑，又站得直挺挺，像一支鉛筆。我們對上眼，學弟卻莫名面露困擾。明明是他自己叫我來，那表情像在抱怨：「你居然真的來了。」

「久等了。」

「還好。」

「喪服跟你以前穿的是同一件？」

「不是，上次是跟別人借的，這套是我今天早上臨時在超市買的。」

我們幹的事情差不多。

「我們要搭公車去殯儀館。」

我們在車站前方的公車站等不到五分鐘，就來了一班公車，終點站寫著我沒聽過的社區名字。

「這班？」

「嗯。」

學弟坐到單人座，我選了他後方的座位。從背後觀察他的耳型、後腦杓、髮際線條，一切的一切令人熟悉。又有五、六個人搭上公車，公車才出發。

「要搭多久？」

「二十分鐘吧。」

「好。」

「抱歉。」

學弟面向前方，說道：

「突然把你叫來這麼遠的地方。」

「沒差，反正我很閒。」

「我爸死在這附近，我想說在附近做完法事比較輕鬆。」

「嗯。」

在這之後，是一陣若有深意的沉默。他還有話沒說。儘管我們一年沒見，我依然察覺出這類氣氛。再過個兩、三年，剩餘的親近感消失後，我或許再也讀不出他的心思，之後可能漸行漸遠。

我推測學弟會說的話。

「你是不是覺得『意外』？」

「咦？」

「我猜你是不是想說，你很意外我會來？」

「不是。」

學弟馬上否定。答錯了。我的直覺比我想像中退化更多？

「我知道學長絕對會來。所以我才在後悔，是不是不該麻煩你跑這趟。」

他想得太複雜了。學弟總是比我顧慮更多、推測更多、擔心更多。我有時很欣賞他的細心，有時又有點煩躁，覺得他可以再隨便一點。反正管他煩惱不煩惱，人都會死。這稱不上悲觀、樂觀或是達觀，而是鐵錚錚的事實，連小孩也懂。

「是喔。」

我隨興回答，眼前的後腦杓輕搖了幾下。他無聲地暗笑了幾聲。

「你覺得我很麻煩，對吧？」

「嗯。」

這時，學弟第一次微微轉向後方，問道：「是說，你的耳機呢？」

「忘了帶。」

「不會吧？你平常會忘記錢包、鑰匙，就是耳機從不離身。」

「我也有忘記耳機的時候。」

「我還以為你在我沒看到的時候改過自新了。」

「我又不覺得戴耳機是壞事。」

「沒有耳機感覺如何？覺得少了什麼？」

「世界充滿聲音。」

「耍什麼中二病。」

「不是，我只是覺得新奇。」

我大概是平常用耳機掩蓋其他聲音，變得不太會取捨耳朵接收的資訊。

「終於體會到，自己至今真的是摀著耳朵過活。」

「聽說人死的時候，聽覺會到最後一刻才失去功能。」

又沒人能證明這件事。我正想這麼說，車內輕輕響起到站提醒的廣播。

——下一站，即將靠站。

學弟彷彿聽到暗號，又轉回前方。全新喪服的肩頭形成一道直線向下的斜坡，我忽然想把念珠珠子從那道斜坡滾下。

「你爸怎麼死的？」

我的問法也太幼稚，暗地反省。「跳樓。」聽見學弟靜靜答了兩個字，我又反省了一次。假如學弟聽見我這麼問別人，肯定會罵我說話沒神經，但對象換成他自己，他就不會生氣。他就是不太在意自己。

「警察打電話給我。」

學弟繼續說：

「我去了一條不知名路上的警察局，被帶到一間問話的房間。負責人大叔隨便拿了張屍體照片給我看，問我是不是這個人，我嚇死了。屍體其實不算太悽慘，但我高中輟學之後就離家，一次都沒見過我父親，隔了兩年再見，竟然是見他死後的臉，有點難熬。」

公車停在一座大公園前，車門發出「噗咻」的大聲響，開了門，幾個人上了車，又有幾個人下車。學弟的背影似乎沒抗拒我提問。希望我沒猜錯。

「你媽呢？」

「他們在我中學三年級的時候離婚，我那之後就沒見過我母親。大姊、妹妹都跟著母親走，我也不知道她們好不好。」

我不知道他的家務事。

「你爸為什麼跳樓？」

我就不能問得再委婉一點？我真討厭自己的嘴賤。

「我猜是過得太窮困。他從以前做工作都不長久。」

學弟答得很平淡。

「他有申請生活扶助，公所寄了信來問我能不能扶養他。我回信說：『憑什麼我必須扶養一個酒精中毒的人渣？』，公所就完全沒回覆了。」

他急促地說完，嘆了長長一口氣。雙肩萎縮似地垂下，接著低喃一句：

「太奇怪了。」

「你從來沒提過你家的事。」

因為我沒有問。

——你為什麼要念進修部？

我們剛認識的時候，學弟曾這麼問我。

——我沒有父母在育幼院長大中學畢業就去工作稍微存了點錢就想上看看高中。

剛認識不久的低年級高中生尷尬地點了點頭：「原來如此。」我那時也是一股腦說完，不想被對方插嘴。希望他別做任何詮釋或推測，就如同無聊教科書的課文，把我的背景當作純資訊，輸進腦袋即可。我不希望別人把我的人生當成故事，細細推敲。我就是這樣武裝自己，堵住耳朵。堵住耳朵，就代表閉口不談。自己不想被問，所以不去問別人。我害怕別人的反應。無論對方是肯定、是否定，自己丟出的話語總是會有所答覆，我害怕等待答覆的空檔，哪怕只有短短一瞬間。

「下一站要下車，你要按鈴嗎？」

學弟再次回頭，指著裝在窗框上的下車鈴。

「怎麼這麼問？」

「呃，我想說你會想按。」

「我又不是小孩子。」

「哈哈。」

學弟今天第一次露出正常的笑容。代表我成功在他的心房挖出空隙，他有力氣笑，我就不虛此行了。停屍間就在禮廳正前方，我們下了公車，受吸引似地走進停屍間。葬儀社負責人領著我們，來到一間五坪大小的狹窄房間，簡單的祭壇裝飾一些白花，學弟的父親（應該）就躺在棺材裡。沒有遺照，前方有一張鐵椅，後頭放了兩張。擺設真是「小巧精緻」。良久，和尚穿著袈裟走進房，坐在前方的鐵椅，開始誦經。我當然聽不懂和尚在念什麼，頂多偶爾聽到幾句熟悉的句子（可以這樣形容？）。我的椅子離隔壁大約五十公分，視線範圍內看得見學弟的膝蓋，他拳頭緊握。我不敢看他的臉。要是看了，不論他是什麼表情，我大概一輩子忘不了，所以我選擇垂下視線。辛苦買來的念珠放在上衣口袋，來不及拿來用，也學到一課，其實帶不帶念珠無所謂。

我們行注目禮送走和尚，葬儀社人員從祭壇拔了幾朵花，走了過來。

「請為亡者獻花，做為最後的道別。」

就如學弟以前說過，棺材放在附車輪的臺子上，葬儀社人員不等我們說好，流暢地把棺材推到我們眼前，打開小窗露出死者臉部。手腳俐落。原來如此，我差點笑出聲，但學弟猛地撇過頭。「我來吧。」我急忙驅動表情肌，自願上前獻花。先不提跟死者關係好壞，不是所有人都敢直視死者的臉。我覺得至少要給人時間做心理準備，葬儀社的人應該是按照流程行事。這些步驟不是為了禮儀人員好做事，而是要讓列席者以「最合宜的方式」送走死者。

我小心翼翼放好花。遺體有些浮腫，皮膚呈現帶點灰色的土黃色。鼻孔、微開的嘴看得到棉花。我覺得他和學弟不太相像，他能睜開眼的話，也許感覺又不一樣。

「抱歉。」

我們走到停車場前方，學弟低聲道了歉。

「他們開得太突然，我一時慌了。」

「沒差，之後要去哪？」

「火葬場。」

「我可以跟去？」

「嗯。」

學弟雙手插進長褲口袋，態度變得更冷淡，說了句：「謝謝。」我們不是搭三角屋頂的靈車，而是一臺普通的黑色廂型車。「葬禮總共多少錢？」我問道，學弟說是二十萬多一點。

「這麼貴？」

「很便宜了。一般要再多個零。」

「原來，火葬場結束之後要幹麼？」

「葬儀社說會寄放到合作的佛寺，佛寺會代替我祭拜，就交給他們辦。」

「真方便，那二十萬的確很便宜。」

「嗯，其實還有更便宜的方案。不請和尚，辦完手續看狀況直接火葬。我覺得那樣也不錯，猶豫過之後……」

「想說機會難得？」

「可能也有，再來就是我有點罪惡感。」

「不需要背負那種麻煩想法。」

「嗯。」

有些東西並不是想承擔才承擔。我心知肚明，但還是忍不住說出口。

「我覺得學長沒有包袱，真好。」學弟說完這句，直到抵達火葬場的三十分鐘，都沒有開口說話。

聽說人體徹底燒到剩骨頭，至少要一個小時。火葬場人員很抱歉地向我們解釋，今天其中一臺火化爐出問題，距離開始火化還要花點時間。休息大廳很寬廣，像餐廳一樣，各處可見數個著喪服的團體，有些團體男女老少兼具，有些團體和我們一樣，只有少少兩、三個人。大廳的人們一致透著和諧的氣氛，或許正好今天比較和平。家屬透過焚燒亡者軀殼，放下心理、身體上的重擔，轉換心情。

「好多向田邦子。」

我望著整片黑衣人群，喃喃說道。學弟訝異地說：「你居然知道向田邦子。」

「你忘啦？是你告訴我的。」

「啊，對喔。」

「之前我問你她的書好不好看，你的反應好像不太好，所以我沒讀過她的書。」

「很好看啦，真的。」

「你現在說的跟之前不一樣。」我小小抗議了一下，學弟雙手抱胸，吞吞吐吐地說：

「我喜歡向田邦子的小說，但她寫父親的隨筆時，寫了一段往事。說是她父親常常動手打人，卻很為家人著想。」

「你不喜歡這段？」

「嗯……也不是說不喜歡。正因為我喜歡她的作品，我才不能忍受這段描述。這只是別人的家務事，但我沒辦法看過就算了，覺得自己很怪。雖然現在時代不同，一個男人身為一家之主，餵養家人，嘴巴不坦率，內心深愛家人，難道就可以隨便出手打家人？」

我心想，原來如此。剛才他想坦白的，也許是這件事。經過糾葛萬千的短暫沉默，我裝作聽懂意思，用一句「原來如此」打斷對話，學弟誤以為我在顧慮他。我沒什麼包袱，所以才掩耳裝聾，不想承接他人的負擔，但我很慶幸剛才能聽到學弟的過往。

「不過作品本身不錯，學長，你就讀讀看。」

「為什麼我要讀？」

「我想知道學長會怎麼想。」

「我考慮考慮。」

附近沒有什麼商店能打發時間，休息大廳有臺開著不關的電視，播出下午的資訊節目，以及簡單的美食節目。我不討厭發呆，不過學弟站起身，說：「我要去抽菸，學長能跟我來一下嗎？」我忘記大廳內不能抽菸，但他也許有別的事想談。

「好，吸菸區在哪？」

「應該在外面。」

我披上大衣，走到戶外，有一個空間設了自動販賣機和長椅，一個細長的圓柱狀菸灰桶佇立在角落。走進陰影處，氣溫忽然往下降，強風吹動大衣衣襬。學弟辛苦一番才點燃香菸，他含著菸，從長褲口袋拿出了什麼，遞了過來。那是一個附拉鍊的塑膠袋，裡面看得見零錢、幾張卡片，還有一張摺起來的紙張。我心想，那袋看起來像物證。

「這什麼？」

「我父親的持有物。」

喔，是遺物。

「只有這點？」

「嗯，持有金錢一千兩百日圓，早就失效的駕照，幾張無關緊要的集點卡，還有一張神祕紙張。」

我用視線催促學弟。他拎起那張神祕紙張，打開來，上頭寫了英文，筆跡雜亂。

「那是寫什麼？」

「不知道。」

「是你爸寫的？」

「這也是一團謎。他很笨，會把『ＳＡＬＥ』念成『沙累』。」

但我們也無力翻譯這文章，腦子跟他爸沒差多少。

「開頭是『Ｇｏｄ』，他搞不好在哪時成了基督徒。」

「基督徒又不能自殺。」

「是喔，我不知道。」

「說不定他根本不管戒律，直接跳了一了百了。拜神了那麼久也沒拯救他，結果自暴自棄。這樣就說得通了。」

我們想破頭也沒用，乾脆用手機搜尋文章開頭，馬上就找到了。

「這好像叫做『寧靜禱文』。」

「哦？」

God grant me the serenity
to accept the things I can not change,
courage to change the things I can,
and wisdom to know the difference.
Living one day at a time.
Enjoying one moment at a time.
Accepting hardships as the pathway to peace.

「禱文的意思是……主啊，請賜我寧靜，去接受我無法改變的事；請賜我勇氣，去改變我能改變的事；請賜我智慧，以分辨二者的不同。活過每一天，享受每一刻，接受苦難，做為通往喜樂之途徑。」

據說一些戒酒團體會使用這篇禱文激勵成員。我直接轉告網路查到的資訊，學弟聽著聽著，表情越來越僵硬。

「這樣啊。」

他深吸一口菸，前端的紅焰緩緩燒出長灰。遺物原本的主人，是否已經燒成灰？煙霧自口中吐出，隨風飛舞，隨即與空氣同化。熟悉的氣味。

「是這樣啊……」

學弟的食指和中指夾著香菸，用大拇指指甲搔搔鼻根。他不知所措的時候習慣搔鼻根，我也同時想起，自己很喜歡他這個動作。學弟把只剩一半的香菸塞進菸蒂收集孔，說：「我們去散散步吧。」

「去哪散步？」

「去哪都好。對了，那裡有公車站，隨便搭一班公車再搭回來好了，這樣比較不冷。」

我們漫無目的，卻搭上有目的地的公車，這次我們選擇並列坐在最後排的長座位。看車頭上方的標示，這班公車的終點站似乎是公車車庫。

「簡直是VIP座位。」

「哪裡像VIP了？」我說。

學弟笑了笑，說：「等等告訴我車費多少。」

「我幫學長付車錢。」

「別惹我生氣。」

「……抱歉。」

公車在國道的單側雙線道奔馳著。隨後停在一間婦產科前方，一個年輕女子抱著嬰兒上車，坐在博愛座。嬰兒哭哭啼啼，但車上很空曠，這點雜音剛剛好。

「有件事，我必須向學長道歉。」

我其實心知肚明，但我不想聽他提「那件事」。這小子真奸詐，竟然選在這種時候提起。不過，我忍住抱怨，催促他繼續：「什麼事？」今天結束之後，我們也許這輩子不會再見面。我不想像學弟的父親，帶著遺憾離別。不是為了學弟，是為了我自己而聽。

「我以前不是說過，我有小孩？」

「嗯。」

——我不太確定，但我其實有小孩。

我們坐在速食店，面對面吃著薯條，學弟突然提起這事。

——什麼叫「不太確定」，說法真怪。

——不是，因為我不知道對方實際上有沒有生孩子，我猜是生了啦……對象是中學的同班同學，實際中標的那次是學弟國二的時候。我記得聽到這件事時，理所當然嚇了一跳，但我不想暴露情緒，反應故作冷淡。我不想讓學弟察覺，自己受了打擊。坦白說，學弟可能「有家人、有個家庭」，這件事傷了我。

——我們應該沒有留下任何證據證明我們有關係，但是對方用公共電話打到我手機，哭著跟我說：「我有了，我想生下來。」後來她再也沒來上學，我們從此再也沒見面。因為我父母離婚，父親不讓我繼續用手機。

——你完全不知道對方近況？

——也不是，問問同班同學，應該聯絡得到她本人。

——那你不想見孩子？

——我沒什麼實際當爸的感覺。

他沒看過女方大肚子，也沒親眼看過孩子，這也難怪。學弟的表情很茫然，像在描述一場夢境，一切都是幻想。

——我當時滿腦子害怕，萬一讓我父親抓包，我就死定了。天天提心吊膽。可是她完全沒消息，就這麼過了四、五年。

——這樣啊。

我把冰咖啡的冰塊搖得喀喀響，心想，這傢伙拒絕得真婉轉。畢竟他搞大過別人的肚子，沒轍。我又窘又恨，沒想到他察覺我的心意，還用兜圈子的方式婉拒。我故作鎮定和他道別，不主動聯繫，對方從此斷了音訊。我苦澀地明白，一切如我所想。但事情過了一年，我如今也忘了痛。

「我突然自爆這種鳥事，還擅自覺得尷尬，疏遠學長。」

「我以為你本來就想疏遠我。」

「真的不是。」

「可是你很傷腦筋。」

我當然從未坦白心意，也沒打算用行動表示，學弟卻不知何時察覺了。可能是我的眼神，可能是問早的抑揚頓挫；又或者是分攤飯錢遞零錢給他的時候，指尖透著遲疑。若有似無的曖昧積沙成塔，不知不覺間，他確定我未說出口的心意，又讓我驚覺他知道了。

「我一直思考該怎麼辦。」

學弟說：

「我沒什麼錢，但是跟學長說說笑笑很開心，也希望繼續維持輕鬆愉快的關係。但一想到你可能跟我不一樣，你或許想在我身上索求更多，我突然覺得被你背叛了。所以擅自發了脾氣，覺得你根本不了解我，怎麼敢對我有意思。」

「對不起。」學弟在一旁低頭道歉。但原諒也好，不原諒也好，我說什麼都不太對。

「你應該先向那女孩和你的孩子道歉。」

「我會啦，我有打算聯絡她。但學長的事另當別論。」

公車停在一間陌生的當地超市前方，那對母子下了車。結果嬰兒哭了整趟。

「學長之前提過，你無父無母。」

「嗯。」

「所以我以為向你坦白自己的過去，你會覺得我很糟糕，稍微討厭我、遠離我。我很害怕別人喜歡自己。」

「總比被討厭好吧？」

「被討厭的話，一段關係就結束了。但是被人喜歡，等於開啟了關係，我很害怕跟別人開啟一段新關係。」

我似懂非懂。不過很可惜，我現在仍然喜歡學弟，甚至不敢問他還愛不愛那女同學。我認為，有些好意只會止於好意，開啟不了什麼。

得來速、二手服裝店、超級錢湯，每個城鎮都有的建築物一一飛逝而過。乘客三三兩兩上車、下車，最後車上只剩我們兩個。學弟低喃道：

「其實我離家之後，曾見過一次。」

「你爸？」

「嗯，不算見面，應該說『看過』他。去年夏天，有一天晚上八點，我家門鈴響了，我看了看門上的貓眼，只看到人的肩膀。我以為有人來推銷，問了：『是哪位？』對方聲音很糊，聽不清楚。我火大，又問了一次，這次聽到一句『好久不見』，我聽懂的一瞬間，身體狂發抖。」

學弟自嘲地說：「很好笑，對吧？」

「我長到這個年紀，跟父親互毆也不會輸，但我還是很害怕，別說開門，我甚至不敢叫他滾回去。」

「一點也不好笑。」

「是嗎？可是我叫了警察。」

「一般人都會叫警察，你叫了救護車來才好笑。」

跟一個無緣的對象單獨談話，對方還坦承自己的祕密和心裡話，我不由得感到窒息。我清晰感受學弟的無奈、痛苦。接了一通電話，傻傻來到陌生地方，卻沒有方法掩蓋耳朵。我心想，真希望有陌生人聽見我們的對話。不需要同情、不需要共鳴，聽完之後只需要膚淺地認為，世上什麼怪事都有，到了隔天就忘記聽到的所有事。

任何人都好，拜託來個人，認識我們的片段。

然而公車空無一人，司機待在公車最前排，聽不見我的祈求。

「警察到場前，父親從門外對我說話。『拜託你開門』、『我只是想看看你，什麼都不會做』……我癱坐在大門前，茫然地想，好像有個鬼故事的鬼也會說這些臺詞。警察來了，外頭稍微起口角，接著安靜下來。過了不久，警察又來到門前，說已經把我父親關上警車。我才敢開門。」

我現在坐得高，從上方看著一般小客車超車公車。一輛銀色跑車的引擎蓋反射斜陽，真刺眼。

「警官轉述我父親的話，說他想來道歉，沒想到我這麼討厭他，還說我父親看起來很沮喪。聽到警官語氣帶了點指責，我很生氣。父親說過他絕對不再打人、要戒酒、會好好工作，我不知道聽過幾百遍。他再怎麼發誓，只要開電視看到酒的廣告、路上看到酒館的招牌，他的誓言照樣破功。」

被人一次次背叛，一次次受傷，自己卻又萌生分毫期待。對自己的怒火更是二次傷害。然而，傷痛的水波尚未平息，又再次掀起漣漪，傷口永無癒合之時，不間斷地輪唱痛楚。更何況傷害自己的對象是血親，孽緣難以斬斷。

「有人跟我說過：『酒精成癮是一種病，你父親沒有錯。』那他偷走我的打工錢，把我打到昏迷，不顧我只穿睡衣，在寒冬中把我踢出家門，我又該怪誰？酒嗎？酒又不是真人，要我怎麼恨？怎麼氣？說什麼『他需要心靈支柱，支撐他重新振作』，等於叫我把人生奉獻給他。」

紅燈了，公車突然急煞車，我們的身體往前倒去。我怒想，該死的司機。學弟沒有撐起身體，蜷縮著背，擠出話語。

「我不知道詛咒他多少次。他能不能今天去死、明天死了該多好，每天、每天都許願……」

我回答：「嗯。」

「他死了，太好了。」

你不用再許願了。

「學長真的很厲害，敢說得這麼直接。」

「算我說錯話？」

「不，我鬆了口氣，也很慶幸他終於死了。可是我又會思考，假如我那時開了門，會怎麼樣？我一直想起貓眼後方那縮圓的肩膀。」

「你太善良了。」

「畢竟他死因是跳樓，假設是車禍而死，我不會有任何想法……我的結論不會變。繼續讓他寄生，他絕對會吸乾我的人生。如果讓我回到那時候再選一次，我還是不會開門。但我又會開始想像另一個可能性。我大概會一輩子反覆煩惱。」

我不應該幫他查那張禱文，不該告訴他祈禱的意義。可能存在的「希望」根本是詛咒，極其惡劣的詛咒。

「你已經付了二十萬，為他舉行像樣的葬禮，你很棒。」

我身為家屬之外唯一的祭弔者，想至少告訴他這句話。葬禮上的經文，想必飽含許多我們無法體會的崇高意義。

「謝了。」

學弟苦笑，粗魯地解開領帶，塞進大衣口袋。晒進車窗的日光逐漸斜躺，空蕩蕩的公車內滿溢強光，灼燒喪服肩頭。陽光不溫暖，卻很刺眼，無人的座位、廣告化作褪色的舊照片。公車承載一天的尾聲，以及毫無目的地的兩名乘客，離開國道，駛進小路，建築物遮蔽了車窗，車內頓時變得陰暗。陽光已落。

「差不多該下車了。」

學弟按了下車鈴，全車同時亮起紅紫光暈，響起語音：「下一站，即將靠站。」

「好像戶外燈飾的點燈儀式。」

「沒這麼破吧？」

公車駛上上坡，身體順勢靠向椅背。隨後公車一個甩尾，轉了彎。搞什麼東西？我忍不住叫出聲。

「這是橋啊。」

「好扯，好像遊樂設施。」

「大概是下面有大船要過，橋要蓋得高一點。」

彎道呈螺旋狀，像彈簧一樣轉了兩圈，視野才逐漸開闊，下方看得到河，以及一間間河畔工廠。紅白相間的煙囪，整列起重機，小船擠滿岸邊。成群的高樓大廈遠在天邊，模糊不清。河川流逝的一方化作黑點消失，那盡頭會是海？這裡看不見整潔的步道、露天咖啡廳，只是一幅「與日常比鄰」的河川風景。日落的天色，如同夕陽的深橘色澤和下車鈴的紫紅光彩互相交融，雲朵拉得細長，逐漸貼近河川。公車渡了河，在對岸又滑下一次螺旋橋，停在一座小社區。下了車，我伸伸懶腰，突然感覺一陣飢餓。

「我餓了。」

「我也是。」

這附近除了住宅，只剩一間五金行。「附近搞不好有拉麵店。」學弟說完，邁開步伐。

「別這麼悠哉，火化結束了怎麼辦？」

「又沒關係，我已經把手機關機，沒問題啦。」

問題可大了，但我也不急著回去。那身黑衣內側，想必有無數情緒彼此擠壓，愧疚、憎恨、哀傷，以及無法辨別的情感。把耳朵貼上那道背脊，或許聽得見感情的吱呀聲響。我想像著，喪家遲遲不出現，無人撿拾的人骨逐漸冷卻。骨頭維持人形，葬儀社人員眼見無法按照流程進行，在一旁乾著急。簡直像一場喜劇。

「來用光我父親的錢，雖然一千兩百日圓買不了兩碗拉麵。」

「總共有五千元。」

「那什麼錢？」

「萸儀。」

學弟笑了。他的笑容夾雜遲疑、困擾，不知該如何是好。令我想起我倆邂逅的那一天。

「兩碗麵加滿配料又加麵，說不定還有剩。」

「可以多點啤酒跟煎餃。」

「滿嘴大蒜味回去火葬場，不知道會不會被罵……啊。」

學弟驚呼一聲，我以為他找到拉麵店，結果他指著前方說：「是小學。」

「又不是拉麵店。」

「我太懷念了。這校舍感覺像不像我們高中？」

「學校不都長得差不多？」

「我覺得有點像。」

校門深鎖。我們停下腳步，仰望校門另一側。已經過了放學時間，每間教室都黑成一片。

「好暗喔。」

「是很暗。」

我們彼此開口，確認那天經地義的事實。我們的腦袋想必重播同一段記憶。我們呆呆地站在小學門外盯著看，感覺有人會報警。我暗自心想，仍停留原地。學弟開口說道：

「我高二的時候，不是在晚上去了教室？」

「嗯。」

「其實那一天，我父親老樣子在家裡大吵大鬧，我逃出家門，無處可去。手上沒有錢，能晚上定期去又離家最遠的地方，就是學校。正門那時已經關起來，我無奈地沿著校牆繞一圈，看到只有自己的教室亮著燈，感覺發現了好東西。我茫然地闖進學校，偷窺了教室裡，赫然回神。進修部的氣氛跟日間部完全不一樣。我其實也暗自覺得糟糕，幸好學長看起來很普通，我才稍微放心。結果我在公園待到天亮，早上悄悄回家換了衣服，到了學校，看到紙條跟點心豆，我差點哭出來。我那時候餓得不得了，豆子感覺特別好吃，大口大口吃光了。」

「能用那種便宜點心釣到你，算我好運。」

「是我比較好運。學長或許覺得只是稍微照顧我一下，但我當下吃了豆子，才真心感覺自己有力氣活下去。一點也不誇張。」

四周夜色漸深。彼此呼出的氣息純白乾淨。骨頭的白，又是什麼色澤？

「我和學長相處的時候，真的很輕鬆、很舒服。你沒有家人，我不需要覺得虧欠，你也不會追問我的背景……可是，我的動機很自私，我慢慢覺得自己很狡猾。萬一我談起自己的往事，學長卻說『不管你爸糟不糟糕，有家人都是好事』、『你應該和你爸和解』，我光想像都害怕。」

「為什麼怕？」

「學長當真踩爆我的地雷，我肯定會恨你。我恨過很多人，只說漂亮話的教師、隨興來照顧我的鄰居，但只有學長，我不想恨你。我本來以為長大之後，能變得越來越自在，反而越來越拘束。」

「但你還是叫我來了，謝謝你。」

「……我也謝謝你，謝謝你願意來這趟。」

其實，我想謝的是「另外一件事」。謝謝他願意說，他不想恨我。儘管學弟的心意跟我不同，他還是對我抱有一份感情。這份心意，就如同學弟收到的那份點心豆。一句「謝謝你」，彷彿瞬間照進心頭的光明。我可以仰賴這道光，努力活下去。

完全陌生的街道亮起燈光。這景色隨處可見，我卻覺得美極了。這是學弟帶來的光輝。我很清楚，光明不在自己手中，反而更顯美麗。社區、公寓大廈、普通公寓、獨棟房屋。每一扇窗戶內存在各種事物，孤獨、痛苦、後悔、暴力，天經地義。明知有些黑暗以「光」為名，人仍然不自覺受其吸引。

「走吧。」學弟才剛說要走，我又停下來。

「啊。」

「怎麼了？」

「有寵物店。」

「那又不是拉麵店。」

「店感覺很有品味，我不自覺就看過去。」

玻璃窗用油漆寫了大大幾個字，「家禽與其他動物」。店齡和風格吸引了我，我隨意走進店內，學弟小聲抱怨，還是跟了進來。店內擺得密密麻麻，鳥籠、小動物籠不間斷地傳出鳥啼跟摩擦聲。以動物保護觀點來看，這間店的動物密度滿得可以去檢舉了。店內充滿野獸騷味，裡頭混了一點水邊的腥臭。倉鼠個個縮成一團，湊在一起。我正在觀察倉鼠，學弟低聲喊了句：

「學長。」

「你看，這邊。」

店內有個角落擺了水族箱，學弟雙眼直視水中，朝我招了招手。我以為他看到什麼稀奇動物，結果只是隨處可見的霓虹燈魚。

「你喜歡霓虹燈魚？」

「很漂亮啊。」

「是很漂亮。」

十隻五百日圓，連手寫價碼牌都看起來有夠悲哀。小幫浦規律地供給正確分量的氧氣。我施捨學弟的些微關心，其實等同於這一顆顆氣泡。不過，總有受傷的心靈能仰賴這點關心，繼續苟延殘喘。一顆小小氣泡的希望，就已足夠。

「而且學長知道嗎？霓虹燈魚之所以會發光，只是反射燈光，沒有燈，魚身一點也不漂亮。」

「是喔，原來跟螢火蟲不一樣。」

水族箱的燈光下，側臉顯得有些朦朧。那是我不知道的男人面孔。是誰教他霓虹燈魚的小知識？魚兒身披微型彩虹，悠悠游著。我們注視魚群好一陣子，店面內側有人對我們說：「兩位要找什麼？」我們急忙出了寵物店。

「好險。」

學弟呼了口氣。

「差點衝動買下去。」

「你認真？」

「所以我才忍住啊。準備水族箱之類的很麻煩……學長，假如明天我還是很想買，你能陪我去買魚嗎？」

倘若他父親的錢和我的奠儀，能化作那小小亮光，倒是很有意義。

「好啊。」

「霓虹燈魚能活多久啊？萬一我比魚先死掉，魚會很慘。」

「比起親生孩子，你比較擔心小魚？」

「嗯，說實話，我根本不擔心人類。」

學弟的答覆沒有半點猶豫。寂靜與他的沉默同時降臨。路上沒有人車，生活的噪音戛然而止。這只是巧合帶來的幾秒寂然，但這幾秒比起深夜、比起耳機的降噪功能，更加純淨、清澄、幽靜。如果殘留的聽覺失去作用，就這麼死去，會像這幾秒一樣寧靜？我心想，自己或許是為了聆聽這數秒無聲，才不戴耳機，走到這裡。

「萬一你死了，至少我會領養你的魚。」

「真假？那我放心了。」

我們一直找不到拉麵店，也不知道要走向何方。也許我們無法抵達尋尋覓覓的燈光，也許不回火葬場。哪裡也不去，但也能前往任何地方。每踏出一步，兩種想法相互交替。我和身旁的學弟，也許會吃了拉麵，爽快道別，也可能真的一起跑去買霓虹燈魚。不確定性既自由又孤寂。但是，我想再過一次那座橋。一圈一圈，轉著相同的彎度，渡過河川。橋下的街燈顯得更遙遠、更亮麗，霓虹燈魚若能在空中游走，反射陽光，肯定會更加燦爛。今天迎來尾聲，祈求寧靜。可改變的事物，以及無從改變的事物。曾能改變的過往，可能無法改變的未來，學弟會思索著，一而再、再而三地心痛。無論要在何方下車，我會按下下一次的下車鈴。

參考文獻

柳原三佳《我沒有虐待孩子：驗證嬰兒搖晃症號群》（私は虐待していない　検証　揺さぶられっ子症候群），講談社。

撰寫〈花歌〉時，我想寫一篇「與監獄內部往來的書信體小說」。紀錄片《監獄圓圈》（プリズン・サークル）給了我靈感，讓我深入思考「生而為人的加害者」會是何種模樣。導演細膩呈現加害者之間的對話，我不禁想像，倘若監獄外的「受害者」得知「加害者」的對話內容，「受害者」會如何詮釋那些對話，兩者又會擦出什麼火花？想像的結果，創造了「秋生」和「深雪」。

《監獄圓圈》（プリズン・サークル）。

導演、監製、攝影、剪接：坂上香（製作／out off rame　發行／東風）（註6）。

註6　以上作品名稱皆為暫譯。

作者的話

一日告終，街道沉入夜幕，家家戶戶點起燈光。每當傍晚時刻來臨，一股無奈油然而生。那一盞盞燈光內側，存在著陌生人們，未知的家庭，未知的世界。臺灣的窗框後方，想必也存在無數小世界。臺灣，也是我未曾認識的世界。然而，儘管不曾謀面，儘管語言不通，窗後的愛、悲傷與孤寂仍聯繫著我們。誠心感謝各位臺灣讀者，謝謝你們探看我的窗格。

國家圖書館出版品預行編目資料

小小世界 / 一穂ミチ作；堤風譯. -- 1版. -- 臺北市：城邦文化事業股份有限公司尖端出版：英屬蓋曼群島商家庭傳媒股份有限公司城邦分公司發行, 2022.05
面； 公分
譯自：スモールワールズ
ISBN 978-626-316-580-9（平裝）

861.57　　111001566

嬉文化
小小世界
（原名：スモールワールズ）

著　　者／一穂ミチ
執 行 長／陳君平
榮譽發行人／黃鎮隆
協　　理／洪琇菁
總 編 輯／呂尚燁
譯　　者／堤風
美術總監／沙雲佩
美術編輯／李政儀
執行編輯／曾鈺淳
企劃宣傳／楊玉如、施語宸、洪國瑋
國際版權／黃令歡、梁名儀
文字校對／施亞蒨
內文排版／謝青秀

出　　版／城邦文化事業股份有限公司 尖端出版
台北市中山區民生東路二段一四一號十樓
電話：（〇二）二五〇〇—七六〇〇
傳真：（〇二）二五〇〇—二六八三
E-mail：7novels@mail2.spp.com.tw

發　　行／英屬蓋曼群島商家庭傳媒股份有限公司城邦分公司 尖端出版
台北市中山區民生東路二段一四一號十樓
電話：（〇二）二五〇〇—七六〇〇（代表號）
傳真：（〇二）二五〇〇—一九七九

中彰投以北經銷／楨彥有限公司（含宜花東）
電話：（〇二）八九一九—三三六九
傳真：（〇二）八九一四—五五二四

雲嘉以南／智豐圖書有限公司
（嘉義公司）電話：（〇五）二三三—三八五二
傳真：（〇五）二三三—三八六三
（高雄公司）電話：（〇七）三七三—〇〇七九
傳真：（〇七）三七三—〇〇八七

香港經銷／城邦（香港）出版集團有限公司
香港灣仔駱克道一九三號東超商業中心一樓
電話：（八五二）二五〇八—六二三一
傳真：（八五二）二五七八—九三三七
E-mail：hkcite@biznetvigator.com

新馬經銷／城邦（馬新）出版集團 Cite（M）Sdn. Bhd.
E-mail：cite@cite.com.my

法律顧問／王子文律師　元禾法律事務所
台北市羅斯福路三段三十七號十五樓

二〇二二年五月一版一刷

■中文版■

郵購注意事項：
1.填妥劃撥單資料：帳號：50003021戶名：英屬蓋曼群島商家庭傳媒(股)公司城邦分公司。2.通信欄內註明訂購書名與冊數。3.劃撥金額低於500元，請加附掛號郵資50元。如劃撥日起 10～14日，仍未收到書時，請洽劃撥組。劃撥專線TEL：(03)312-4212 ・ FAX：(03)322-4621。E-mail：marketing@spp.com.tw